D1393528

TUER LAMARRE

DU MÊME AUTEUR

Dawson Kid, Montréal, Boréal, 2007.

SIMON GIRARD

Tuer Lamarre

roman

LEMÉAC

Leméac Éditeur reconnaît l'aide financière du gouvernement du Canada par l'entremise du Programme d'aide au développement de l'industrie de l'édition (PADIÉ) pour ses activités d'édition et remercie le Conseil des arts du Canada, la Société de développement des entreprises culturelles du Québec (SODEC) et le Programme de crédit d'impôt pour l'édition de livres du Québec (Gestion SODEC) du soutien accordé à son programme de publication.

ISBN 978-2-7609-3312-5

© Copyright Ottawa 2009 par Leméac Éditeur
4609, rue d'Iberville, 1er étage, Montréal (Québec) H2H 2L9
Dépôt légal – Bibliothèque et Archives nationales du Québec, 2009

Imprimé au Canada

BON SUR TOUT

Trente-huit ans.

Début juin. Dimanche après-midi.

Je viens de tomber sur un regard rêveur. Celui de mon fils. Qui m'a ramené à mes six ans. M'a ramené chez madame Tomasi.

* * *

— Tu l'aimes, mon pudding, hein ?

Il y a madame Tomasi *avec* et *sans* alcool. Deux mondes. Plus tard je me demanderai comment il se fait que mes parents n'ont pas senti son haleine de vieille picouille et ont continué à m'envoyer chez elle à propos de tout et de rien.

Souvent parce qu'ils voulaient baiser un coup.

Quand je revenais, ils étaient dans leur chambre, la porte fermée, leur lit tapait dans le mur. Tout branlait. Ma mère criait et mon père grognait.

Je retournais au dépanneur avec le reste des sous que m'avait donnés madame Tomasi.

Quand elle est soûle, je ne suis plus capable de parler. Elle se met à dire des choses louches. Je suis gelé là.

Je ne comprends presque plus rien.

J'espère qu'elle ne m'étouffera pas entre ses cuisses.

Je veux retourner dehors, m'en aller, faire comme si ce n'était jamais arrivé.

Meilleur je suis, plus vite c'est fini.

Je me jette au dépanneur. Rage de sucre. L'alcool des enfants.

— C'est bon sur tout, ce pudding-là.

Elle m'en a fait manger sur du pain, de son pudding. Sur des biscuits salés. Et même une fois sur un bâton de céleri.

Puis sur elle, entre ses grosses cuisses de Jell-O.

Elle m'a tenu la tête et j'ai fait comme s'il y avait encore du pudding, même si c'était plutôt un goût de restaurant qui me montait dans le nez et la gorge et les yeux.

Mon restaurant préféré sert des fruits de mer.

C'est un peu cher.

On y va juste quand c'est ma fête.

— C'est ça, avec ta langue.

Quand il n'est plus resté de pudding, la première fois, j'ai pensé que j'allais vomir. Je me suis retenu, je me suis retenu. Je me suis tellement retenu, on dirait que j'oubliais ce que j'étais en train de faire.

Quand ça a été fini, madame Tomasi a repoussé ma tête en frissonnant comme si on l'avait jetée dans la piscine des voisins, l'automne. À son tour de ne plus être capable de parler.

Elle a baissé sa grosse jupe et est remontée chercher des sous. Je l'ai suivie.

Un vieux la nuit

J'ai huit ou neuf ans. Un soir d'été, tirant sur la nuit. Un vieux sous un lampadaire.

On revenait de la visite hebdomadaire chez mes grands-parents.

Mes parents ont eu l'air de ne pas le voir, le vieux. Pourtant il était là, avec sa canne, à attendre, exagérément penché comme dans les films. Quand notre voiture s'apprêtait à passer devant lui, il a levé les yeux et j'ai eu peur. Peur pour rien, comme dit mon père, quand je ne peux pas m'endormir, le soir. J'ai encore peur du noir.

J'ai vu ce vieil homme, j'ai eu peur, puis quelque chose de bien s'est passé en moi. Quelque chose me disant qu'un jour je serais comme lui, un jour je serais près de la mort, mais avant ça, bien avant, avec madame Tomasi, ça arrêterait.

Parce que demain, encore, ou bien plus tard cette semaine, au milieu ou à la fin d'une interminable journée à tout faire pour penser à autre chose, avec madame Tomasi ça se passera encore et j'aurai honte, je me sentirai le dernier des derniers, moins qu'un humain, juste un bout de quelque chose.

La langue sur le bout du vibrateur.

J'envierai ceux qui ne sont plus sur terre mais en dessous, et vite je retournerai au dépanneur pour me jeter la couleur des bonbons dans la gueule.

Cette madame était pourtant ma préférée. Notre voisine d'en face.

Ça fait longtemps que son mari est mort d'une maladie. À écouter mes parents, madame Tomasi est la personne la plus triste du monde. Avant, j'étais d'accord. Mais maintenant qu'elle me force à faire des trucs dégueulasses, maintenant qu'elle ruine tout, je pense que c'est moi le plus triste, mais ça, personne ne veut le voir. Même pas moi, on dirait, des fois.

Je pleure tous les soirs.

J'ai déjà voulu que mes parents meurent. Je me suis déjà imaginé en train de donner des coups sur la tête de mon père. Mais madame Tomasi, je n'arrive même pas à lui en vouloir. Avec elle, il faut juste que ça arrête.

J'ai six ans et je n'arrive pas à parler. Madame Tomasi est soûle. Je ne reconnais rien. Allez, baisez, les parents, je vais revenir.

La première année

Ça n'a pas encore commencé, avec madame Tomasi, mais ça s'en vient. Un soir de cette semaine, quand j'irai la voir pour lui montrer mes nouveaux cahiers. Pour l'instant tout est parfait, ou à peu près.

* * *

Ça commençait bien même si ça commençait drôle.

Dans la classe, Dominic France était à sa place, presque au fond. Il s'est mis à pleurer, il disait qu'il voulait sa maman. C'est parfaitement le genre de choses que j'aurais eu envie de faire. Mais ce Dominic que je ne connaissais pas encore, je le trouvais tellement ridicule. Je savais que je n'allais pas pleurer. Je ne pouvais pas être *celui-là*.

Dominic sort de la classe avec la professeure. Il est inconsolable. Quelques élèves parlent entre eux, disent qu'il est bébé. Moi je me retourne vers mon pupitre et je remarque comment est faite la chemise de carton qu'il a fallu acheter pour l'école.

Sa couleur vert clair, sa rigidité et sa souplesse. Je ne pourrais pas dire si elle est plutôt molle ou dure. Quand on l'ouvre, on découvre trois couples d'ancrages de métal qui servent à y faire tenir des feuilles à trous, et deux pochettes pour y glisser les feuilles sans trous ou n'importe quoi d'autre.

Le système des ancrages de métal : il faut déplier chacune des paires de petites tiges, les passer dans les trous de feuille avant de les replier. La feuille reste alors en place. Mais je ne sais encore rien de ça, je ne sais même pas qu'il y a quelque chose à comprendre avec les ancrages de métal.

Ma première journée à l'école.

D'abord, la marche entre la maison et la cour, avec ma mère.

Elle entre dans la cour d'école avec moi. Je trouve ça déjà mieux que ce que j'imaginais. Je pensais que je devrais tout affronter tout seul.

On approche du troupeau d'enfants qui attend qu'on ouvre les portes pour entrer.

À ce moment, ça me paraissait impossible. Je ne pourrais pas me mêler à ces bouches hurlantes, à tous ces petits corps énervés.

C'était tout simple, je ne pourrais pas.

Mais plus je les regardais, moins leurs cris et leur énervement me transperçaient. Je me souvenais moi-même avoir crié et sauté comme un ver dans la poêle à la maternelle, ou avec des amis ou des cousins dans notre cour, avec des cousins ou des amis dans *leur* cour. Ici, on était juste dans une *autre* cour.

J'ai donné un bec à ma mère, elle est partie.

Je me suis approché du troupeau.

Je m'y suis mêlé.

Le monde a quand même l'air effrayant, avant qu'on y mette les pieds. Comme si on naissait à chaque fois.

La cloche a sonné, les portes se sont ouvertes, j'ai suivi le troupeau.

Le reste de cette journée, je ne m'en souviens pas vraiment, à part qu'à un moment donné on était assis dans le gymnase et le directeur parlait, en avant, sur une petite estrade.

Et aussi, ce premier jour, je me suis fait un ami.

Un hyperactif.

Parce que j'étais plutôt calme, j'imagine, j'avais besoin d'exotisme en amitié.

Est-ce que j'avais eu des amis avant? À la maternelle, sûrement, mais je ne m'en souviens plus trop. C'était maintenant la grande école, on recommençait à zéro, un nouveau jeu, on passerait ici non plus juste nos matins, comme à la maternelle, mais nos après-midi presque au complet aussi.

Dominic France avait pleuré. Tout le monde se retrouvait au-dessus de lui, d'une certaine façon. Mais en même temps on savait qu'on avait tous déjà eu la même faiblesse et que ça reviendrait à un moment ou à un autre. Un enfant est un enfant. Alors personne n'avait ri fort comme d'un pet. En tout cas pas devant Dominic. Ça avait été oublié très vite.

Dans le corridor pour aller à la récréation, le premier jour, je me suis retrouvé à côté de Dominic. Il sortait de je ne sais pas où, mais pas de la classe, en tout cas.

— Comment ça se fait que ton nom de famille, c'est un pays? C'est parce que tu viens de là? que je demande à Dominic.

— Non, c'est le nom de mes parents.

— Ah… c'est tes parents qui viennent de la France?

— Non, je pense c'est parce qu'ils veulent y aller, ma mère arrête pas d'en parler.

— Où t'es allé, quand la professeure t'a fait sortir de la classe?

Il se met à courir en criant : «Vive la France! Vive la France! Vive la France!»

Le psychologue de l'école sera mis dehors au beau milieu de notre première année d'école, pour alcoolisme.

Et il était parti! Dominic France, crier et courir comme s'il n'avait pas de fin, c'était son sport. Chacun passe le stress comme il peut.

Puis l'année a commencé pour de bon. Ce n'était pas si pire. Juste une chose nouvelle comme il y en avait eu d'autres dans ma vie avant : se faire couper les cheveux chez le barbier, se torcher le cul et le corps tout seul, s'habiller, jouer aux billes, faire de la bicyclette sans tomber, le zoo et les petites montagnes russes.

Un certain après-midi, notre première année s'est terminée, on a vidé nos pupitres et nos cases.

C'était l'été. Dominic avait une piscine. C'était mon meilleur ami.

PARCE QUE JE VOUS AIMAIS

La piscine des voisins en face de chez nous, en diagonale. Les voisins immédiats de madame Tomasi. Ils lui permettent d'aller nager quand elle veut, l'été, la fin de semaine, parce qu'ils ne sont pas là. Elle peut aussi y aller la semaine, quand ils sont là.

Elle peut y aller n'importe quand, mais s'ils ne sont pas là, je pense qu'elle peut nager tant qu'elle veut sans se sentir gênée. Elle fait ses longueurs.

Je sonne chez madame Tomasi. Pas de réponse. Ma mère m'a envoyé porter un concombre de notre jardin ou des cerises de terre ou n'importe quoi d'autre dont je ne me souviens plus.

Je sonne encore.

Je me crois sauvé.

Je voudrais me sauver.

Mais où ? Comment ? Dans ma tête, ça dit qu'il n'y a que des désirs d'enfant, et dans mes mains des moyens d'enfant.

J'ai toujours eu cette autre certitude, égale, qui venait tout équilibrer : ce que je vivais n'était rien, rien de spécial, rien de plus ou moins qu'un autre enfant.

Mais je ne savais jamais si ça me faisait sentir mieux ou si ça me décourageait du monde entier.

Madame Tomasi n'est pas chez elle. Je vais dans la cour des voisins, voir si elle est en train de nager.

Si elle est là, je pourrai déposer ma commission sur sa serviette, lui dire bonjour et m'en aller. J'aurais pu la laisser sur le pas de la porte de sa maison, c'est sûr, j'y pense aujourd'hui, mais sur le coup… c'est comme avec le flirt au primaire, il ne fallait pas que ça paraisse !

J'arrive dans la cour.

Les haies de dix pieds de tous les côtés, madame Tomasi déteste ça, elle dit que n'importe qui pourrait se faire voler en plein jour, et personne ne se rendrait compte de rien. Moi, quand elle dit ça, je pense à autre chose.

Elle est là, dans la piscine creusée, la grosse madame Tomasi, je l'entends.

Je suis caché par la clôture de bois.

Je m'approche d'une fente.

Elle nage bien.

Elle nage mieux que je ne l'ai jamais vue. Peut-être parce que je la regarde plus attentivement.

D'habitude je suis dans l'eau avec elle. Mais c'est juste quand elle a bu que ça dégénère. Et quand elle a bu, elle ne sort plus de chez elle.

J'espère toujours qu'elle s'est trompée, qu'elle a fait une erreur. Si elle ne recommence pas, à partir d'aujourd'hui, peut-être dans un an ou deux, elle et moi on ne s'en souviendra presque plus… et on sera redevenus ceux qu'on était avant, ensemble pour de vrai.

Madame Tomasi atteint l'extrémité de la piscine, s'aide de sa main pour pousser et tourner son corps.

Elle repart, au crawl, revient vers moi.

Lentement.

On dirait une tortue dans un corps de madame.

Quand elle n'est pas soûle, quand elle ne me fait rien, je ne peux pas m'empêcher d'espérer qu'il n'y ait plus jamais de raison pour qu'on retourne au sous-sol. Mais il y en a toujours une.

On dirait que c'est à cause de sa grosseur qu'elle nage mieux. Elle flotte et roule dans l'eau comme une trace d'huile sur le lac à truites où je suis allé avec mes parents.

Je la regarde.

Même si on n'est pas chez elle et qu'elle n'a pas bu, je n'arrive pas à bouger ni à parler. Et pourtant ça va bien, c'est correct.

Madame Tomasi est belle.

On dirait qu'elle ne m'a jamais rien fait. On dirait que c'est impossible.

* * *

Mes parents, des fois je les déteste, des fois je les aime.

Madame Tomasi, je ne suis jamais capable de la détester, même quand elle me tient la tête. Ça me gêne, ça pue et ça goûte mauvais, mais je ne la déteste pas.

Elle doit savoir que je l'aime.

Pour me tenir la tête, elle doit savoir que je l'aime autant que ça.

Je suis de l'autre côté de la clôture de bois, je vois madame Tomasi d'un œil seulement, mais ça devrait lui suffire. Elle approche, elle approche et devrait m'apercevoir, savoir que c'est fini, qu'il faut commencer à réparer.

Mais elle atteint le mur de la piscine, pousse et repart en sens inverse.

Elle ne m'a pas vu, sinon elle se serait arrêtée et m'aurait salué. Elle aurait peut-être dit «c'est assez pour aujourd'hui» avant de monter l'échelle pour se glisser hors de l'eau.

Je longe la clôture de bois. Sur sa serviette, je dépose… je me souviens, c'est une courgette, que j'avais à lui donner. Notre courgette de jardin record.

Entre la maison de madame Tomasi et la piscine, je m'étais amusé à m'en servir comme d'un sabre.

J'avais commencé à être nerveux et gaffeur, cette année-là, alors en marchant avec la courgette, je m'étais d'abord concentré à faire très très attention. Puis après avoir traversé les deux côtés de rue et le terre-plein comme si j'étais le pape mourant, et après avoir sonné chez madame Tomasi, je m'étais mis à jouer de la courgette comme si j'étais Luke dans *La guerre des étoiles*.

«Aucun risque, je me disais, tant que je ne l'échappe pas, tant que je ne la cogne pas, je suis correct.»

Mais juste avant d'arriver à la piscine, mon dernier coup dans le vide, plus fatal que les autres, plus vers la fin du film, je l'arrête d'un trait sec... Crac !

J'avais rattrapé juste à temps la moitié de courgette qui s'en allait se séparer du bout que je tenais. Une fois replacés ensemble, les deux bouts donnaient une courgette qui semblait intacte, comme un pot cassé-recollé dans lequel on ne met pas d'eau.

J'ouvre la porte de la clôture de bois.

Je suis maintenant sur le bord de la piscine. Madame Tomasi ne peut pas ne pas me voir. Mais elle continue à nager.

Et je me remets à ne pas pouvoir bouger.

Je la regarde. Elle est plus belle que tout à l'heure, encore. Plus fluide que l'eau qu'elle fend de ses allers retours. Et elle ne s'arrête toujours pas.

Elle repasse devant moi, en roulant les épaules, en allongeant les bras.

Je l'ai trouvée moins belle parce que j'étais convaincu qu'elle ne me voyait pas et ça me semblait soudain un handicap, alors qu'elle passait à moins de deux mètres de mes souliers. Ou bien elle commençait un autre jeu du genre *liche le pudding*?

Je me suis reculé d'un pas, j'ai senti une planche de la clôture sous mon coude, j'ai poussé la clôture et fait un pas en avant. J'ai sauté. Le plus haut et le plus loin que je pouvais, avec mon peu d'élan, j'ai sauté.

Comment madame Tomasi allait réagir, elle qui ne m'a jamais chicané? Mais combien de fois je l'ai entendue dire qu'il ne faut pas sauter par-dessus quelqu'un dans une piscine, parce que «c'est dangereux!»?! Ça et ne pas laisser un fusil dans une armoire sans cadenas, il semble que tout le danger du monde est concentré là.

Mon linge touche l'eau, moi j'arrive dans l'eau.

Ma tête sous l'eau.

Les sons s'épaississent.

Dans le ventre de la piscine.

Je ressors la tête, madame Tomasi a retiré ses lunettes de nage, elle est affolée mais elle ne peut pas parler.

Pourquoi j'ai fait ça? Pour vous montrer que moi aussi j'étais capable de faire des choses qui n'ont pas de sens.

— Tu m'as fait peur!

Mais elle n'avait pas l'air fâchée. Toujours contente de me voir. C'est là que j'ai appris qu'elle fermait les yeux, des fois, en nageant, sous ses lunettes.

Je ne me souviens pas de ce qui est arrivé après. Pas cette fois-là.

Mes premières longues vacances d'école.

PAS NÉE D'HIER

J'ai dix-neuf ans et je ne vois pas le jour où je pourrai avoir des enfants, donc encore moins une femme pendant quelque temps avant.

Je veux dire, ce n'est pas juste une *passe* comme ça, une période, je *suis* comme ça.

Mais je sais que ce n'est pas moi. C'est l'effet qu'a eu sur moi madame Tomasi.

Si je dois rater ma vie, si je dois tout rater, ça devrait finir avec elle.

Retourner à la source.

Je ne décide rien mais ça commence à me germer dans la tête, quand je fume mes joints devant la voie de chemin de fer.

Je ne décide rien mais en même temps je ne vois rien d'autre.

Lui faire mal, dans sa tête. Dans son corps aussi, peut-être.

Pas parce que je la déteste.

Juste lui redonner…

Chaque soir, vers vingt-trois heures, je vais regarder les trains. Comme depuis que je suis tout petit, sauf plus tard dans la journée et plus souvent. La voie est à côté de chez nous, maintenant, alors qu'avant il fallait attendre que ça adonne, notre voiture bloquée par un train au hasard des routes.

Je me gèle à la mari depuis quelques années. Torse nu l'été pour empêcher l'odeur de s'imprégner. Torse nu l'hiver pour la même raison, ça fait juste plus de couches à enlever.

Mes parents ont fumé du pot, plus jeunes, ils me l'ont dit, alors je le sais. Mais je ne veux pas qu'ils sachent, pour moi. Ils pourraient penser que c'est à cause de madame Tomasi et ça me dégoûterait.

* * *

À dix ans, la soirée où j'ai éclaté en sanglots devant ma mère.

L'impression que mon système se démontait pour de bon. Que je n'étais que ça : une victime. Pas mieux que quand je servais de baguette magique à madame Tomasi.

Plus jamais !

Pourtant j'avais bien caché mon jeu, j'avais été le meilleur à l'école et dans tout, le karaté, la natation… Ma façon de faire comme si j'étais correct. Le mensonge devait être le plus fort.

Mais surtout, pour être le meilleur, il faut faire les choses à fond, vraiment à fond, comme c'est presque impossible. Ça occupe l'esprit. Ça change le mal de place, comme on dit.

Mais ce soir-là j'ai dix ans et je suis avec mes parents devant la télé, je n'ai aucune échappatoire face à ce qui s'en vient, nulle part où renvoyer le mal.

J'ai donné tout ce que j'avais à mon cours de karaté. Et le jour, à l'école, tout donné aussi. J'ai fini longtemps avant tout le monde notre petit examen et le travail à faire après, alors la professeure m'a demandé de corriger à sa place la copie des autres, à mesure qu'ils terminaient. C'est la première fois qu'elle me demande ça. Je me suis senti meilleur que d'habitude, je me suis demandé si la prof n'était pas pire.

Devant la télé, je n'ai rien à craindre. Avec mes parents, de toute façon, ce n'est jamais les grandes discussions.

Sur rien.

Mes parents, c'est : «Je pense que…» Puis mon père ou ma mère répond dans le même sens. Avec des mots différents des fois. *Ils pensent que.*

Ça a l'avantage d'éviter les chicanes.

Et de me faire sentir comme un génie, à côté d'eux.

Quand je pleure, d'habitude, c'est tout seul dans mon lit, la porte fermée. Dans mon oreiller. Mes parents n'entendent pas.

Eux, ce sont des *individus*. Ils mènent leur barque le mieux qu'ils peuvent, et le reste c'est… c'est comme la métaphysique et un ours, on dirait que ça ne va juste pas ensemble. Impossible d'*échanger* avec eux. Échanger pour vrai. Se transvider l'un dans l'autre. Mais ça, c'est à hauteur de mes trente-huit ans que je le dis. Parce qu'alors, enfant, ça m'arrangeait. Et avec mon père ça m'arrange encore, d'ailleurs. Presque tout le temps.

Le reportage qu'on regarde se met à parler d'un garçon qui a été abusé par sa mère et sa tante. Elles le menaçaient à la pointe du couteau.

Depuis le berceau il devait se faire dire qu'il était de la merde. Sa mère était donc parvenue à l'étape de le lui prouver. Elle l'avait rendu nerveux et gaffeur, de toute façon, à force de le pousser dans ses retranchements.

Écoutant ça, ma mère, pour tout commentaire, lâche un «aaaaah!» aussi indigné que désespéré et révolté, on dirait. C'est tout.

Mes parents parlent peu et ne pensent pas loin, mais ils font toujours à peu près la même distance.

Cette fois-là, que ma mère ne sorte même pas *un* mot, je pense que ça m'a secoué. Ça me laissait imaginer que si je lui avouais tout, elle en perdrait peut-être ses mots pour de bon. Son peu de mots. Et je trouvais que c'était quelque chose.

Sur le coup, c'était tellement quelque chose que je me suis mis à pleurer comme un bébé même si j'étais rendu le meilleur pour tout cacher.

Mes parents sont peut-être des imbéciles heureux, mais il y a des choses que même les bêtes sentent. Que *surtout* les bêtes sentent.

Ma mère s'est approchée. Elle m'a pris. M'a serré. Bercé. Puis elle a dormi avec moi. Ce n'est que le lendemain qu'on en a parlé.

J'avais besoin de pleurer un bon bout avant.

Tant que ma mère restait avec moi, ce soir-là, toute la nuit, j'étais certain qu'elle savait toujours, qu'elle n'arrêtait pas de savoir, qu'elle *voulait* savoir.

Je pleurais de plus en plus. De peine et de joie.

* * *

Dix-neuf ans. Printemps chaud.

Devant les trains de la nuit, je me repasse des bouts de mon film personnel. Ce serait mieux de comprendre maintenant que juste avant de mourir, quand le film se déroulera de lui-même.

Je réfléchis.

Je réfléchis et peu importe les détours que je prends, j'arrive toujours à un seul petit pas de la mort, dans ma tête, et ce « pas » s'appelle : « Prendre l'autobus jusque chez madame Tomasi. »

J'ai pris le dernier autobus de la journée. Minuit seize.

Déjà j'aimais moins ça, parce que ça ne me laissait plus le choix. Pour revenir de la petite ville de madame Tomasi à notre *nouvelle* maison depuis neuf ans, je n'arrivais pas à évaluer le nombre d'heures que ça me prendrait, à pied, tellement ce serait long.

Je ne *pouvais* pas vraiment revenir.

J'ai descendu de l'autobus. Dans mes souliers.

Chez madame Tomasi, c'est à dix minutes.

* * *

Chez nous, notre première maison, c'était juste en face, mais c'est comme si ça n'avait jamais existé. Les nouveaux propriétaires ont tout changé. Jusqu'au terrain, devant, qu'ils ont bulldozé, remodelé pour être certains qu'on ne se reconnaisse plus, si jamais nous prenait l'envie de revenir et de dire : « Ouais, on est restés ici pendant plus de dix ans ! »

J'étais presque né dans cette maison. Maintenant, cette nuit, c'est tout juste si je la reconnais parce qu'elle est toujours entre celle de nos anciens voisins de droite et de gauche. Ils n'ont pas l'air d'avoir déménagé, eux autres.

J'ai mon joint dans le corps, mais ça ne change pas grand-chose à l'équation. Je fumais tout le temps à cette époque-là.

Je marche doucement vers chez madame Tomasi.

Je sais qu'elle dormira, si elle n'est pas morte.

Je sonnerai jusqu'à ce qu'elle réponde. Je n'ai pas décidé qui je vais tuer : moi, elle, ou nous deux.

J'ai beau marcher le plus doucement possible, on dirait que ça continue à être trop vite. Mais qu'est-ce que je vais lui dire ? «Avouez tout le mal que vous m'avez fait ! Reprenez-le, ça m'appartient pas ! » Est-ce que ça changera quelque chose ?

Pas obligé de parler.

* * *

Et puis c'est remonté. Ces odeurs. Ces étés. Ces automnes entre mes six et dix ans.

Toutes ces saisons qui me parlaient par la fenêtre de la cave de madame Tomasi.

Ces printemps. Mais surtout ces étés parce que c'était presque immanquable, j'entendais les enfants d'à côté, de l'autre bord de la haie, qui se baignaient, criaient, sautaient dans l'eau.

Les cris d'enfants m'ont fait sursauter jusqu'à ce que Maxime naisse. Là, j'ai cru que c'était guéri. Comme si j'avais pris la place de *ces enfants-là*, les enfants du dehors, par le biais de mon fils, que j'étais arrivé à me sauver de la maison hantée sain et sauf et même… en me multipliant ! Ha ha !

Ces odeurs de bois, dans le sous-sol de madame Tomasi.

Il y avait une partie, juste en bas des marches, qui sentait la cave humide.

Puis, plus loin, c'est l'odeur de poussière qui prenait toute la place. Sec. Et c'est là qu'était la machine de madame Tomasi, la machine à brasser le pudding. Un gros mélangeur lent comme la terre. C'est ça qu'il faut, elle me disait, c'est ça le secret. Il lui servait aussi pour mélanger sa pâte à pain.

Je me suis souvent demandé comment elle m'aurait attiré à la cave, sinon. Sinon elle n'aurait peut-être pas pensé à me mélanger ? Sans l'humidité et la noirceur d'être sous la terre, l'alcool n'aurait peut-être pas été assez ?

* * *

Cet après-midi qui imite l'été, mon fils est devant moi et mes trente-huit ans.

Les yeux qu'il a.

Les années à venir peuvent être les mêmes ou bien…

Je ne le laisserai pas partir tant qu'il ne m'aura pas parlé pour de vrai.

De gré ou de force.

* * *

Juste en descendant la dernière marche du sous-sol chez madame Tomasi, oui, c'est humide comme une forêt bien arrosée.

On continuait et, au fond de la pièce, dans l'espace entre le mur et un plancher de bois qui prenait le tiers de la cave, il y avait la machine à mélanger posée sur le ciment. Dans ce coin-ci, ça sentait le bran de scie comme si les lattes du plancher avaient été découpées et posées la veille.

À côté de la machine, également entre le mur et le plancher, il y avait cette armoire. Je ne me souviens plus ce qu'avait dit madame Tomasi pour que j'entre dedans, mais… tout ce dont elle parlait m'intéressait à un tel point! Peut-être : «Cette armoire-là, je me cachais dedans quand j'étais petite. Penses-tu que tu serais capable, toi?»

En tout cas, lorsque j'ai été bien entré dans l'armoire, la première fois, j'ai vu madame Tomasi approcher un vieux fauteuil noir sur roulettes, s'y asseoir lourdement, écarter ses grosses cuisses et tremper son index dans le pudding en train de se faire mélanger.

Tout était en place, je pouvais devenir l'instrument de madame Tomasi, comme sa baguette de bois pour brasser le pudding.

* * *

Si je n'avais pas craqué, le soir du documentaire avec mes parents, je ne leur aurais sûrement jamais rien dit. Et rien à personne d'autre non plus.

Les gens croient dur comme fer que *dire* libère. C'est vrai, mais juste sur le coup, quand le corps s'ouvre. Après, ça se remet à faire mal, exactement à la même place, c'est-à-dire partout, et exactement comme avant. Non, pas *exactement*. En ajoutant les yeux des autres, on augmente la honte.

Dans ce genre d'histoire, le mieux qui puisse vous arriver est d'être le moins *bon* possible, le plus faible. À la première occasion, la première fois, vous ne vous contrôlez plus, vous perdez les pédales et les autres s'en mêlent.

Sinon ça peut durer... durer! Et ça devient plus dangereux.

* * *

La nuit. Je suis arrivé à la porte de madame Tomasi.

Je sais que ça doit se passer, mais pas encore comment.

Il faut qu'elle reprenne les odeurs et les étés, les sons, tout.

Je ne crois pas que c'est possible.

Je sonne et ça devient simple, si simple. Une partie de moi ne peut plus y être, elle doit sortir et personne d'autre que madame Tomasi ne peut m'aider.

Je sonne.

Puis je pèse dix fois de suite sur la sonnette, parce que j'aime entendre son rebond métallique, à travers la porte. Il se disperse entre les murs, bagarre avec le silence.

Une lumière s'allume, celle de la chambre de madame Tomasi.

Puis celle du corridor.

Le hall d'entrée. Une ombre rampante approche, grossit et grandit jusqu'à la porte vitrée que madame Tomasi tire à elle. Puis la porte moustiquaire, même si elle aurait pu regarder à travers pour voir qui c'est, avant de m'ouvrir.

— Oui ?

— C'est moi, madame Tomasi.

— Ben oui, ben oui, entre, reste pas dehors…

Ça m'attendrit. Si elle avait pu ne pas boire, aussi! Et tellement d'autres *si*.

Elle se retourne et marche jusqu'à la cuisine. Je la suis.

Une impression d'irréalité, mais ce n'est pas nouveau. Tout me paraît irréel depuis un bout. Comme si mon corps s'endormait à tout bout de champ, puis se réveillait en se disant: «Hein!? Je suis encore là!?»

Madame Tomasi s'attendait sûrement à ce que je vienne régler ça un jour ou l'autre. Comme un père qui a fui sa blonde enceinte s'attend à voir rebondir son enfant tôt ou tard.

Ou bien elle pense que je viens la consulter pour des problèmes d'adolescent.

— Veux-tu un café?

— O.K.

Si je dois retourner à pied, le café, ça m'aidera. Et si je dors ici, ça me gardera éveillé et j'aurai toute la nuit pour trouver comment faire.

Madame Tomasi… Si élégante, encore. Lourde d'élégance, je dirais. Les larmes me prennent. Vous êtes trop belle vue d'ici, de dos, en totale confiance alors que je vais peut-être vous battre tout à l'heure. Ou peut-être que je suis déjà en train de dérailler et que vous n'en avez plus que pour quelques minutes, deux ou trois.

Madame Tomasi, on était si beaux, ensemble.

— Veux-tu un café ?

— Oui, s'il vous plaît.

Sur le coup, j'ai été surpris qu'elle me répète sa question.

Mais elle doit être nerveuse, elle aussi, avec tout ça qui remonte, les saisons, les années, l'alcool chaque fois qui *permettait* mais n'a rien effacé des regrets.

C'est vrai ! Je me souviens ! Il fallait toujours que je dise « s'il vous plaît » à madame Tomasi pour avoir quelque chose, sinon c'est comme si je n'avais pas parlé !

C'est sorti sans que j'y pense :

— Mais vous… vous avez pas dit « s'il vous plaît », avant de me faire des choses.

Madame Tomasi m'a regardé comme… la personne qui allait la rayer de la carte ? C'est ce que j'ai pensé.

Puis elle m'a redemandé :

— Veux-tu un café ?

Pas besoin d'un dessin.

Sa lourde élégance n'est plus que de la pesanteur qui prend de la place, de la graisse à vers, du jus pour racines.

Elle fouille dans une armoire.

Je suis court-circuité, mes yeux sont secs.

Ma gorge au frais comme une bonne bordée de neige.

L'hiver parti dans mon corps.

— Est-ce que vous me reconnaissez, madame Tomasi?

— Ben oui, t'es le fils à… le fils de madame Chose, là…

Non, je ne finirai pas à votre place, madame Tomasi. J'attends.

Et elle me regarde en voulant dire: «Aide-moi donc, c'est pas drôle de faire ça à une vieille! Et la nuit, en plus!»

J'ai gardé le silence. Madame Tomasi me regardait.

J'avais l'impression qu'elle serait meilleure que moi.

* * *

Il y a ce cheval qui avait *appris* à compter. Et par lui-même!

Son maître lui donnait une équation, compliquée ou non, et le cheval tapait au sol le nombre de coups qu'il fallait.

Quand ils ont changé la personne qui lui demandait l'équation, ça fonctionnait toujours, le cheval tapait le nombre exact de coups. Mais quand c'est par un haut-parleur que le cheval a entendu l'équation, il n'a plus su compter du tout.

Il ne tapait même plus de la patte.

Ils se sont rendu compte que quiconque posait l'équation au cheval procédait toujours de la même façon, par réflexe : d'abord regarder la patte qui tape le sol, puis quand le nombre espéré était atteint, la personne relevait les yeux vers ceux du cheval, pour voir s'il allait arrêter… C'était le signal, il arrêtait.

* * *

Madame Tomasi. Je ne lui donne pas la réponse. Et moi j'ai déjà la mienne. On attend tous les deux.

— Bon, moi il faut que j'aille me coucher, veux-tu un café avant de partir ? À moins que tu veuilles rester à coucher ? Mais ta mère va s'inquiéter si… Tu m'as pas dit comment allait ta famille.

— Ma famille a déménagé quand j'avais dix ans, parce que vous avez abusé de moi.

J'ai vu passer dans ses yeux ce qu'elle m'avait fait.

Une grosse larme a coulé, puis son regard vide a repris la place.

Le disque venait de sauter.

Madame Tomasi a essuyé sa larme comme si elle ne savait pas d'où elle venait.

Elle avait l'air fatiguée d'avoir été réveillée cent fois cette nuit.

Elle qui ne voulait jamais déranger, je me souviens. Les voisins avaient presque dû lui faire du chantage émotif pour qu'elle accepte de profiter de leur piscine.

Elle n'est jamais passée à la maison, chez nous, ou bien une seule fois, pour déposer un cahier que j'avais oublié chez elle. Je l'avais remplacé par un neuf depuis une semaine.

Ne veut tellement pas déranger que même rendue à peu près sénile, elle fait comme si de rien n'était. Je me suis demandé comment elle avait fait pour demeurer chez elle.

Peut-être que c'était à cause de la nuit, aussi.

Pire.

J'ai entendu madame Tomasi qui arrivait à sa chambre et fermait la porte. Son lit a craqué.

Je me suis assis à la table de cuisine et j'ai pleuré. Ça faisait longtemps. Des années.

MOINS D'UN JOUR À LA PISCINE
CHEZ DOMINIC

Maxime a un ami inverse, si on veut.

Maxime c'est le doux, le tranquille, l'autre c'est l'énervé. Presque comme moi avec Dominic, à la différence que c'est nous qui avons la piscine, maintenant, et elle est hors-terre.

* * *

L'été de la fin de notre première année primaire, on avait hâte de se baigner, Dominic et moi, c'en était presque une folie. On parlait de sa piscine dans la classe, à la récréation et en dehors de l'école. Tout le temps la piscine, la piscine, la piscine !

* * *

Ils jouent pendant des heures, dans leurs petits maillots.

Dans leurs petits maillots.

Tout vient de changer, je ne sais pas pour combien de temps.

Dans son petit maillot.

Mais cet après-midi ils ne jouent pas, son ami est chez lui, Maxime est juste habillé léger pour l'été qui arrive et je viens de croiser son regard. Je viens de le regarder comme il faut. Je viens de voir. Comme si tous mes souvenirs me revenaient d'un coup, dans son petit corps.

Son petit corps venu me rappeler que ce n'est jamais fini.

— Maxime, viens ici une seconde.

Il approche.

Il ne m'a jamais vu pleurer. Sauf à la mort de ma mère, et là c'était beaucoup. Mais je pleurais en souriant. Il fallait bien que ça finisse, quand même ! Et ma mère, elle a *bien* fini.

Maxime se plante devant moi et ne comprend pas, d'abord, comme je ne sais pas trop ce que j'ai vu dans ses yeux. Ce que j'ai reconnu. Peut-être moi au complet, à son âge ? Il a onze ans. J'en avais dix quand j'ai craqué.

Rattraper le temps perdu.

Je me demande ça fait combien de temps, Maxime. Combien de fois, combien... Mais je ne dois penser à rien d'autre que toi, mon fils.

Je le regarde. Je mets un genou par terre, je le tiens par les épaules. Il a l'air toujours aussi étonné.

Lui faire mal, peut-être, lui hurler que non, il n'aurait pas fallu!

Mêlé. L'impression de la poupée russe dans la poupée russe dans la poupée.

Juste trente-huit ans mais tout d'un coup je suis fatigué. Fatigué mort. La vie, ça demande trop.

Je voudrais prendre une décision, me remettre debout, être solide, lui donner confiance. Ou bien trouver la force... le désir... de faire quelque chose. Trouver la force d'abandonner! Brûler la maison et moi et Maxime et... Mais Danielle qui n'est pas rentrée du travail... Tout arrêterait.

Mais c'est déjà en train d'abandonner, sans me demander mon avis.

* * *

J'ai dix ans. La nuit où j'ai pleuré dans les bras de ma mère.

Ça allait mieux, cette nuit-là, avec elle. Mes larmes donnaient enfin quelque chose. On avait trouvé la seule façon d'échanger pour de vrai.

* * *

Maxime me regarde, je lui tiens l'épaule, la serre. Ses yeux se remplissent. Un enfant normal, je me dis, penserait qu'un de ses mauvais coups a été découvert, que sa dernière grand-mère est morte ou… J'ai les yeux qui s'agrandissent. Je ne pourrai pas sourire.

— C'est qui ?

Maxime ne sait pas, pour moi avec madame Tomasi. Il ne sait même pas qu'elle a existé.

Ça fait tellement de bien et de mal en même temps, les yeux de mon fils qui appellent à l'aide.

Quelque chose finit.

Autre chose commence.

Maxime est gelé sur place, comme quand madame Tomasi déraillait avec moi.

Une montagne de roches qui n'a jamais vu un brin d'herbe.

Ses larmes roulent comme des moteurs.

— Monsieur Beaulac ?

Un voisin du coin. Je l'imagine sans difficulté.

Tous, je les imagine le contraire de ce qu'ils mentent.

C'est vrai des gens en général, de toute façon. Le monde nous échappe.

Mais monsieur Beaulac, quand même ! Vieux monsieur noble et tout…

Ils ne peuvent pas *tous* être mauvais ! Ils ne peuvent pas *tous* l'avoir touché !

Le fait que je *sais* que c'est un homme. Le fait que je sais.

— Monsieur Martel ?

Son coach de soccer.

Les yeux dans les yeux, Maxime attend. Pris de court, il subit.

Il subit et il espère.

« On est rendus, papa », qu'il a l'air de me dire. « On est rendus, là, on est presque rendus. »

— Monsieur Lamarre ?

Un ami de la famille, comme on dit. Ami de mon père.

Maxime me regarde, on dirait que son cœur vient d'arrêter. Il attend de voir s'il va se remettre à vivre, si je vais le sauver ou bien passer tout droit, continuer à dire d'autres noms.

Mes yeux s'agrandissent un peu plus, et là, un sourire devient possible.

Il arrive.

Se pose.

Un sourire pour lui dire, à mon fils, que ça va être correct. C'est déjà un peu correct. « Le sens-tu, que la pente change ? »

Mensonge. Ça n'a rien changé pour moi.

— Je comprends.

Tellement content de pouvoir lui dire ça et que ce soit vrai. *Vraiment* vrai.

— Moi aussi ça m'est arrivé quand j'étais petit.

Son cœur repart. Il a un petit hoquet de larmes, le plus laid que j'aie jamais entendu, puis il se jette dans mes bras, comme quand il me fait... Il me *faisait* des attaques d'amour. Il a arrêté, ça fait, quoi... un an ?

Monsieur Lamarre. Le dimanche, des fois. Leur tour au dépanneur, en voiture. Maxime revenait toujours un peu... sur un nuage. Je me disais : « Il l'aime tellement... » et c'était peut-être vrai. Comme moi avec madame Tomasi.

Monsieur Lamarre lui brassait les cheveux à tout bout de champ. Serrait sa petite main avant de partir, comme si Maxime était déjà un homme. On aurait dit qu'il était en train de lui montrer à être militaire ou sérieux dans la vie ou...

Je n'ai pas vu ce qui était évident, juste parce que ça n'a pas été fait devant moi.

Depuis vingt ans je me fie à ce que je vois, à ce qu'on me dit, plus du tout au reste. Le monde est trop triste. Trop de choses qui ne devraient pas arriver. Trop de choses *inverses*.

Maxime me fait une attaque d'amour en règle. Je ne pleure plus. Je sens Maxime… aussi bien que quand il venait juste de sortir du ventre. Il a besoin de moi. Tout son être a besoin de moi pour survivre.

Si je ne m'étais pas laissé faire, aussi, quand j'étais petit! Peut-être que je n'aurais pas eu besoin de me venger sur Maxime en l'abandonnant à Lamarre! J'étais pourtant capable de me défendre, quand ça devenait critique! Pourquoi pas avec madame Tomasi?

* * *

La première journée à la piscine de Dominic.

On avait tellement attendu. Si on avait été ados, on serait *venus* dans nos maillots!

Tous ces mois à s'être parlé de la température de l'eau et de l'été tout le temps tous les jours…

J'ai mes flotteurs ridicules aux bras mais moi je ne me trouve pas ridicule du tout. Et vu que je ne sais pas encore nager, je vais aller dans la partie peu profonde. Madame Tomasi ne m'a pas encore appris comme il faut, dans la piscine des voisins.

Je cours. Je vais sauter sans toucher à l'eau avant, comme un bon, puis vite m'accrocher au bord... mais je n'ai pas été assez vite, la copine du frère de Dominic m'attrape sous les bras et me lève de terre. Je pense d'abord qu'elle veut m'arrêter parce qu'on n'a pas le droit de courir, comme à la piscine municipale, ou bien m'enlever mes flotteurs pour les gonfler comme il faut avant de me les remettre, mais je me rends compte que c'est moi au complet, qu'elle veut, et... et si possible me lancer dans le creux au bout de son élan? Noooon...

J'ai de la misère à y croire. Je me déprends un peu mais elle attrape mes flotteurs qui ne sont pas aussi bien ajustés que quand c'est ma mère qui me les met.

Elle en arrache un, l'autre tient par les dents au bout de mon poignet, presque plus gonflé. J'avais dû mal refermer le bouchon.

Elle me reprend sous les bras, et mieux, cette fois. L'effet de surprise est passé, je ne suis pas assez grand, pas assez vite, pas assez fort, je ne pourrai pas lui échapper juste en gigotant.

Trop petit, ce n'est pas pratique, mais en même temps, à l'époque, je ne me rongeais pas encore les ongles…

Paniqué, je me mets à la griffer partout du mieux que je peux, tout ce que j'arrive à toucher, pour qu'elle me lâche.

Sinon toute la famille de Dominic va rester sur le bord de la piscine et rire pendant que je me noie. Ils sont comme ça, je trouve, chez eux. J'ai toujours un peu peur. Ils rient quand moi j'ai envie de me sauver ou de me boucher les oreilles. Mais c'est peut-être normal. C'est peut-être ça une famille normale, ça parle beaucoup. Eux, ça n'arrête jamais, tout le temps.

La copine ne veut pas me lâcher, elle ne me lâchera pas. Je redouble d'attaques vicieuses, je triple mes efforts… et je la mords !

Elle me lâche pour regarder ses blessures. J'en profite pour m'éloigner du ciment rugueux qui entoure la piscine en forme d'arachide, avec l'écaille.

* * *

Maxime est resté collé, collé, collé. Plus aucune pudeur, normale à son âge.

Il redevient un être humain, je me suis dit, et moins un adolescent distant, un individu… Je me suis remis à pleurnicher. Avec lui. En lui. Comme si on redevenait un seul squelette.

Maxime a été le premier à se décoller. Je l'ai senti. J'ai mis ma main sur sa nuque humide, en reculant la tête.

Il m'a demandé :

— Est-ce qu'ils vont le mettre en prison ?

Je ne voulais pas lui faire de fausses promesses. Je ne voulais pas à l'avance l'engager à porter plainte sans qu'il sache que ce serait long et humiliant, comme tout recommencer avec monsieur Lamarre depuis la première fois, mais avec des gens devant…

Alors j'ai dit un mensonge :

— S'ils ne l'enferment pas, je vais m'occuper de lui, O.K. ?

— Pis s'ils l'enferment, mais pas assez longtemps ? S'ils le laissent sortir ?

— Pareil, je vais m'en occuper… C'est correct ?

Maxime m'a pris la main. L'a serrée. Comme monsieur Lamarre lui avait appris à jouer au monsieur, le dimanche.

Aujourd'hui dimanche.

Oui, c'est ça mon fils, tu es en train d'apprendre.

— Va chercher tes crayons-feutres, on va faire quelque chose ensemble.

Le *truc* des papiers.

Il a monté l'escalier en trombe, comme chaque fois qu'il va chercher son gant de baseball pour qu'on se lance la balle. Son gant avec lequel il a souvent couché. Des semaines. Des mois ? Je l'ai vu le garder sur sa main pendant qu'il lit ses bandes dessinées. Il le pétrit en tournant dans sa chambre, ou bien assis sur son petit lit vert, en attendant que ce soit l'heure de son match.

Il est monté en courant. J'ai revu toutes les fois où on s'est *lancé*.

Je m'en suis voulu.

J'ai mis au monde un enfant, je l'ai aimé et élevé POUR qu'un sale pervers…

Je me suis détesté mais ça n'a pas eu le temps de durer, Maxime redescendait.

DES VIEUX SOUVENIRS

— Mes crayons sont à l'école, je n'y ai pas pensé.

Il est tout timide, là, mon fils, je le remarque et ça me frappe.

Parce que je l'ai repris souvent, sûrement.

Quand il dit qu'il n'y a *pas pensé*, c'est vrai, ça me fâche, ça doit paraître, mais je me suis rarement fâché pour vrai. Est-ce que ça peut avoir été assez pour le décourager de lui-même ?

— On peut aller t'en acheter…

— Oui.

Ce qu'il y avait dans ce « oui » ! Et ses yeux qui m'ont regardé comme le père Noël des pères Noëls ! L'impression que tout est possible. Qu'on fera ce qu'il faudra.

On est partis à pied. Maxime m'a pris la main.

Danielle m'a demandé d'acheter un filet mignon pour le souper, ce matin. La vie continue.

Il fait beau. Maxime que je voudrais prendre, au moins toucher. Mais je ne veux pas lui faire honte, il y a des limites à ce qu'on tente en temps de crise.
Devant le regard des autres.
Personne n'a à *savoir.*

Je me retourne comme sans raison. Dominic est là. Le Dominic du primaire.
Fatigué. Mal vieilli. Il ne me voit pas.
Le premier jour d'école, je me souviens, Dominic était sorti de la classe parce qu'il s'ennuyait de sa mère. Après, quand je l'avais vu dans le corridor, le bras du psy dans son cou, il n'avait plus du tout l'air de s'ennuyer.

Maxime me tient encore et toujours la main. Il pleure mais n'ose pas essuyer ses larmes. Comme si, tant qu'il ne portait pas sa main à ses yeux, ça restait son secret, son petit secret. Puis, on dirait qu'il s'est souvenu de cette lubie du secret qui l'avait perdu jusqu'ici.
Il a essuyé ses larmes sur le revers de ma main.

Finalement Dominic ne m'a pas vu, ou il a bien fait semblant.

Il était temps qu'on trouve ces crayons, temps que je sois tout là pour Maxime, sans rien faire d'autre. Je regrettais de ne pas le toucher plus que ça, mais je ne voulais pas le brusquer, le forcer à rien… ni *rater* encore, comme la dernière année… et peut-être toutes celles avant.

Je me suis arrêté de marcher, Maxime s'est retourné. Il m'a regardé. J'ai pensé : «C'est ridicule d'être plus faible que la situation. »

— Tu montes sur mes épaules, comme quand t'étais petit?

Il a eu l'air d'accord, l'air d'en avoir besoin. Je me suis penché, égratigné un genou sur le trottoir. Depuis une heure j'étais redevenu quelque chose comme un père qui vaut la peine. Une heure? Tant que ça?

— On prend pas l'auto? a demandé Maxime.

— Pourquoi pas.

Maxime a pointé son pouce vers l'arrière. On a fait demi-tour.

Il a dit «hue, mon cheval » et j'ai fait quelques cabrioles.

C'est allé très vite, on est montés dans la voiture, on a trouvé une petite boutique pour artistes, acheté les crayons, puis on est rentrés à la maison.

J'avais oublié ce que Danielle avait prévu pour le souper. *Prévu.* On en prévoit donc, des belles affaires !

On est arrivés dans notre cour arrière.

La piscine hors-terre dans le coin gauche, le cabanon droit devant moi. J'y entre pour prendre deux seaux.

Quand je suis ressorti, Maxime était en train de se dessiner quelque chose sur le bras avec un des crayons achetés. Ça avait l'air d'un tas de merde. Vraiment. Même pas une tentative de mouton ou de roche… du caca, simplement.

— Wow, c'est beau ! Mais c'est quoi ?

— Un tas.

— Un taaaas… ?

— Un tas comme on en fait toutts à toutts les jours !

Maxime a eu l'air insulté que je ne rie pas.

J'ai vérifié sur le paquet que les crayons n'étaient pas indélébiles. Un peu pour le bras à Maxime, mais surtout pour le *truc*. Sinon ça ne fonctionnerait peut-être pas, ou moins vite. L'emballage disait qu'ils étaient corrects pour tout, ces crayons-là. À la limite, on pouvait imaginer que ce soit recommandé pour la santé de les respirer et de s'en envoyer un coup sur la langue de temps en temps.

— Bon. On a chacun un seau. D'abord on le remplit d'eau.

Maxime est passé en premier, il a mis le boyau d'arrosage dans son seau et tourné la roulette au bout.

— Elle est chaude !

Puis il a coupé l'eau.

Il devait se dire que c'était du gaspillage, que... Comme le temps des douches, qu'on critique depuis des années, Danielle et moi. Est-ce que j'ai vraiment été ce con, avec mon fils ?

— C'est une question de principe, a dit Maxime avant d'aller vers la porte de la maison.

Je me suis demandé s'il ne faisait pas une crise, s'il n'allait pas bouder dans sa chambre, pleurer le reste des larmes de son corps parce que j'étais en train de ruiner le *truc des papiers* et qu'il ne savait même pas encore c'était quoi !

Même si je n'avais rien dit.

Mais c'était tout comme. Quand on a répété assez souvent...

C'est de la folie, répéter autant?! Le supplice de la goutte.

— Maxime...

— Je vais en dedans mettre de l'eau froide, comme ça...

— Pas besoin. Si l'eau est chaude, dehors, c'est parce qu'elle était dans le boyau qui a été chauffé par le soleil.

— Ah...

Je lui ai flatté les cheveux pendant qu'il mettait l'eau dans son seau.

Il m'a semblé qu'elles ne comptaient pas beaucoup, mes caresses.

Tuer deux fois

— Bon, c'est simple...

Je parle aussi posément qu'un *gros bras* qui va te donner le choix entre te scier la jambe gauche ou la droite.

Mais là, on allait devoir faire tout nous-mêmes.

— On écrit quelque chose sur le papier, on le met dans l'eau, puis... Ben à partir de là, tu verras.

Le *truc des papiers,* je l'ai fait seul, la première fois il y a... j'avais vingt ans, donc il y a dix-huit ans.

Là on a plutôt l'air, les deux sur la pelouse, en train de jouer à : « Qui est-ce qui va avoir le premier l'idée d'arroser l'autre ? »

— Bon, je sais, ça fait un peu *jeune,* comme... comme *activité,* mais... (À son âge, je me souviens, le pire ennemi c'était avoir *l'air jeune.*) Mais si tu le fais bien... Je l'ai déjà fait, moi, mais je vais le refaire avec toi.

— Pourquoi, papa ? Ç'a pas marché ?
Euh, ç'a pas *fonctionné*, la première fois ?

Ces éternels « ça marche pas, un
ordinateur, ça fonctionne ! ».

Maxime :
— Je sais pas quoi écrire. Je veux dire…
Qu'est-ce que j'écris ?

Il a l'air gêné comme quand on
explique aux enfants de ne pas rire des
handicapés.
— Ben, t'écris…

C'est drôle comment les mots, des
fois, ça ne veut pas se dire. Même pas à
l'intérieur de soi.
— … t'écris… t'écris… mais c'est quoi
ta question, Maxime, au juste ?
— Qu'est-ce que j'écris ? Patate ?
Poil ?

Poil, c'est déjà mieux, je me suis dit.
Puis je me suis demandé si c'était morbide
ou drôle d'avoir pensé ça.
— T'écris…

Comment on m'avait expliqué, moi,
donc ? Quels mots avait choisis la travail-
leuse sociale ? Et comment je l'avais envoyée
promener, donc ? En deux phrases ou
trois ?
— T'écris…

Maxime lève la tête et, timide, me faisant me détester mieux, moi le responsable de tout :

— Quelque chose dont on veut se débarrasser ?

— Exactement, Maxime, quelque chose dont on veut se débarrasser.

J'ai trouvé que ça faisait drôle de dire « exactement ». Drôle, aussi, de répéter exactement ce qu'il avait dit.

Et c'est devenu clair tout d'un coup. Qui j'avais été et pourquoi. Un prof d'histoire. Prof pour montrer aux autres comment faire. D'*histoire*, pour oublier la mienne. Et là, face à mon fils, cet élève le plus proche de moi, je fermais ma gueule. Je répétais ses paroles et je fermais ma gueule. Bien… J'étais en train de devenir quelqu'un de bien !

En tout cas je me sentais mieux et j'espérais que ce soit un signe.

Maxime a changé son crayon brun pour un autre et écrit quelque chose qu'il a hésité à me montrer. Puis il a retourné son petit papier.

Tuer, en vert.

Il a levé les yeux vers moi.

Est-ce que c'est de ma promesse qu'il parlait et dont il voulait se débarrasser? Que je ne m'occupe plus de rien? Ou bien il voulait laver le fait que Lamarre avait tué quelque chose en lui.

— Là, je le mets dans l'eau?

— Là, tu le mets dans l'eau.

Maxime a pigé un autre papier et un autre crayon, a écrit TUER dessus, en rouge, et me l'a tendu pour que je le mette dans mon seau.

Est-ce qu'il pensait qu'on devait écrire la même chose et au tour suivant ça serait à moi de choisir?

Mais c'était une sale bonne idée, ça! Tant qu'à faire *les papiers* ensemble!

Maxime a plongé TUER dans son seau, j'ai plongé TUER dans mon seau et j'ai trouvé soudain ridicule qu'on en ait chacun un, comme chacun sa télé, chacun son ordi... chacun sa vie triste dans son coin!

J'ai repris mon papier mouillé, j'ai versé l'eau par terre et lancé le seau près du cabanon. Le papier a eu le temps de me dégoûter son rouge sur les doigts avant que je le mette dans l'eau avec celui de mon fils.

— Ouin, a dit Maxime, ça va sauver de l'eau! Ha ha!

Il voyait bien qu'aujourd'hui je ne serais pas trop mauvais.

Mes doigts étaient rosés.

— Pis là, qu'est-ce qu'on fait?

— On attend de voir…

J'ai regardé Maxime. Il m'a regardé le regarder.

Où est-ce que je me situais?

Il avait aussi l'air de se le demander.

Pourquoi je n'ai pas fait comme à la piscine chez Dominic, quand c'était le temps de me défendre de madame Tomasi…?

Maxime s'est retourné vers le seau et s'est exclamé:

— Y a plus rien sur les papiers!

Là, je me souviens que j'ai oublié le souper.

Il fait beau, pour la saison, et si j'entends une voiture arriver dans la cour, ce n'est pas Danielle, ça doit être de la visite.

Je me demande si on aura un été des Indiens. Il faut qu'il gèle la nuit, a dit la petite dame rondelette de la météo, « et qu'ensuite il y ait au moins trois jours de températures *au-dessus* des normales

saisonnières, pour qu'on considère »...
Je l'ai toujours trouvée plus profession-
nelle que les autres, plus crédible. Le
fait qu'elle est enrobée, je dirais. On sait
qu'elle n'est pas là à cause de sa beauté.
Est-ce que vous vous laisseriez opérer par
une chirurgienne qui vous montrerait son
portfolio de pipes?

J'ai compris pourquoi je pensais *hors
contexte* quand j'ai vu mon père arriver
dans la cour. J'avais reconnu le son de sa
voiture mais je ne *voulais* pas que ce soit
lui. Et il fallait être poli.

La politesse, pourquoi, sauf ne pas
aller en prison? Mon père ne me ferait
quand même pas ça. Il ne m'a jamais rien
fait.

— Salut, p'pa.

— Hey, quand est-ce que tu vas comprendre que je suis pas comme un de tes
élèves que tu peux appeler par un p'tit
nom...! Si t'es pas capable de dire *papa* au
complet, appelle-moi par mon vrai nom.
Ah, la jeunesse...

Mon père s'est tourné vers Maxime
et lui a fait un clin d'œil. Son entrée en
matière. Il allait maintenant pouvoir me
dire pourquoi il était venu, mais je lui ai
répondu par réflexe, comme si je pensais
à voix haute :

— J'ai trente-huit ans, p'pa, c'est TOI qui devrais pas me parler comme si j'étais un élève. Puis je suis plus une *jeunesse*, mais toi t'es en train de devenir un vieux crisse.

Tandis que Maxime et mon père étaient en train de se serrer la main, comme avec Lamarre.

Ma voix, posée comme une montgolfière sur le fin sommet d'une montagne. Ça tient mais pas longtemps.

Le sourire de mon père est tombé comme une roche, il avait l'air trop fâché pour parler. Il a souri à Maxime aussi faux que pour une photo, puis il a sorti une excuse boiteuse, du genre qui boite trop pour marcher, disant à peu près qu'il n'avait qu'une minute avant de passer à un rendez-vous de retraité.

— C'est ça, va fourrer ta maîtresse, gros porc.

Ma montgolfière reprenait sa course dans le vide. Je ne pense pas que j'ai pu fâcher mon père un peu plus avec ce deuxième commentaire. Il devait penser que j'essayais de le tuer en lui faisant faire une crise cardiaque. Ce qui est faux. Je n'essayais pas. Mais j'en aurais salué la venue comme le printemps.

Maxime me regardait. J'avais l'impression qu'il me demandait si j'allais «m'occuper» de son grand-papa aussi, ami de Lamarre. Je lui ai fait un clin d'œil et un tout petit sourire, à peine, ou peut-être j'ai eu le sourire dans les yeux seulement, à l'intérieur.

Mon père est parti.

— Bon, est-ce qu'on sort les papiers de là? Maxime m'a demandé.

On a sorti chacun un papier. Peu importe le nôtre ou pas. Les deux étaient blancs comme neige. Pendant que je faisais une boule avec le mien, j'ai vu que Maxime mettait le sien dans sa bouche et commençait à mastiquer. J'ai été un peu jaloux de son originalité et de sa symbolique, j'ai fait comme si je l'avais mis en boule *justement* pour le bouffer, mais une fois dans ma gueule, ça m'a dégoûté, je n'allais pas *bouffer* la merde dont j'avais voulu me débarrasser, même une fois rincée.

J'ai craché le papier vers le seau renversé devant le cabanon. J'ai raté de peu. Mais raté quand même.

— Là, c'est ton tour…, a dit Maxime entre deux mastications.

Devant la maison de Dominic, on lançait des roches sur une grosse pierre.

Il y avait un arbre à petits fruits rouges, on en cueillait et on les plaçait sur la pierre, puis de loin on essayait de les écraser avec les plus petits cailloux autour de l'arbre à fruits. Une fois je m'étais avancé pour déposer des fruits et Dominic m'avait lancé une roche grosse comme le poing sur la tête.

Avec ma tête de petit gars, et même avec celle de maintenant, j'ai de la misère à comprendre… Je m'en souviens comme si c'était tout de suite. Je pensais que je venais de mourir. Non, je n'étais pas mort, pas encore, mais ça s'en venait, ça ne pouvait pas faire autrement. Au moins je ne serais plus là pour me faire chicaner.

La mère de Dominic était venue en renfort, elle me disait que j'étais un bon garçon, parce que je ne pleurais pas, mais moi, j'étais juste surpris d'être encore là. Et déçu.

* * *

Maxime attendait.

— O.K., c'est encore mon tour, d'abord !

Il a filé dans la maison. J'ai attendu.

Un nouveau mot à écrire. Une nouvelle chose à évacuer.

Un mot.

Plus facile qu'une personne.

Et on fait moins de prison après. Celle avec des murs.

Il est revenu, il avait une feuille dans la main, il a écrit son mot en vert dessus, en s'appuyant au mur de briques, puis il a tiré la langue vers moi.

— Est-ce que j'ai la langue verte ? Ah non, c'est vrai, y avait plus de couleur sur l'autre papier !

Il m'a montré sa feuille.

— …

Peut-être qu'il était allé la chercher dans la maison pour voir si le *truc* avait rapport avec les papiers utilisés.

En tout cas, il avait encore écrit TUER.

Est-ce qu'on pouvait se tromper, à ce jeu-là ?

J'ai pris un papier et comme un bon élève j'ai tracé TUER en rouge.

BATTRE

Je ne serais pas dans la lune à chaque fois, ça allait être mon tour un moment donné.

Battre.

Sinon, la peine de mort infligée à l'autre mais la prison à vie pour soi.

Si Maxime avait besoin de *tuer* plus d'une fois, c'est qu'il ne voulait pas vraiment tuer.

Ou juste pas d'un coup. Pas trop vite.

Je lui ai pris l'épaule.

On venait juste de mettre nos deux mots pareils dans la chaudière quand j'ai entendu une voiture faire irruption dans la cour, et cette fois j'ai tout de suite reconnu le son, même si je ne voulais pas plus voir mon père maintenant que la première fois.

Il revenait pour avoir le dernier mot.

Il avait eu le temps de penser à ce qu'il voulait dire, moi pas, il parlerait, je serais battu. Quatre étapes simples comme dans les annonces de bidules à la télé.

L'encre se diluait, l'eau était en train de devenir franchement brune et Maxime avait le crayon vert encore dans la main, quand mon père est arrivé en trombe en lançant... J'ai à peine saisi le début que déjà je me mettais à couvrir ses paroles par un retentissant : « Tiens, si c'est pas le vieux crisse !? » qui l'a arrêté net dans son élan.

J'espère avoir le temps de revoir ma vie avant de mourir.

Ça a toujours été un peu tendu, avec mes parents. Avec mon père, en tout cas. En tout cas c'est tendu *surtout* avec lui, depuis... que ma mère est morte ! Ha ha ! Avant c'était pareil avec ma mère, parce qu'elle s'efforçait de prendre pour mon père, aussi ridicule que soit sa défense, des fois. Elle prenait pour lui comme on aurait pu prendre pour n'importe quel cheval dans une course. Un coup de cœur. Une gageure. Ça doit être ça l'amour.

Maxime avait l'air d'avoir peur, comme j'ai eu peur des batailles, plus petit.

Maxime, mon père... Son air identique à celui d'il y a cinq minutes, dans la cour, avant de partir : dépassé. Cette fois il ne partira pas. Il a l'air de se forcer à penser : « Non, je suis plus *grand* que ça, moi, plus sage, plus... »

Mais il y avait une trop grande ressemblance entre l'attitude de Maxime et celle de mon père. Je n'ai pas pu m'en empêcher.

— Hostie de peureux de câlice.

Je lui ferme le clapet. Deux fois de suite.

Et là il s'est mis à avoir vraiment peur. La peur qui fige. La peur qui donne la défaite. Instantanément, pouf, une victime.

* * *

De quoi j'avais eu peur, donc, avec madame Tomasi ? Que le monde sache. Pas plus compliqué. Tant que personne ne savait, je pouvais continuer à l'aimer, à essayer.

* * *

— P'pa, tu m'as toujours reproché de m'être laissé faire, hein ? !

Je me suis approché. Il ne pouvait pas se sauver.

C'est plus flou à partir de là. J'étais tellement hors de moi. Je ne sais pas de quoi j'avais l'air.

Peut-être qu'il attendait juste de voir comment ça allait tourner.

Comme moi.

Je me suis encore approché.

J'ai senti Maxime qui avançait, derrière, comme les enfants forment un cercle autour d'une bagarre. J'ai continué à avancer, Maxime aussi. Mon père essayait de garder une contenance, de paraître solide, fier, prêt... mais juste le fait qu'il *essayait...* il était en miettes. Même pas une miette complète. Une miette de miette. Comme moi si j'avais continué à jouer le professeur avec Maxime et que dans dix ans il m'avait dit : « Pour qui tu te prends, crisse ?! T'es pas meilleur que personne ! Même que t'es pire ! »

Mon père a fait un premier pas à reculons.

— Envoye, continue, t'es capable, retourne dans ton char pis viens plus écœurer le monde comme ça. O.K. ?!

Il n'a pas répondu.

— O.K. ?!

Juste avant d'ouvrir sa portière, il m'a regardé, l'œil triste, lourd, l'air de vouloir me dire qu'on avait tout raté.

Il voulait ruiner ma victoire mais il n'y avait plus rien à ruiner.

J'ai ajouté :

— J'étais pas là le premier, j'me suis pas fait tout seul, fait qu'essaie pas de me dire que c'est de ma faute, comment ç'a tourné…

Ce n'était déjà plus une victoire. Si je l'avais frappé j'aurais perdu encore plus.

Il a parti le moteur. Je n'avais jamais rien vu d'aussi triste. C'était fini. Mais au moins c'était vrai.

Je finirais peut-être par me sentir à l'aise avec la vérité. Toutes les vérités.

En me tournant pour revenir sur mes pas, j'ai failli foncer dans Maxime qui était resté juste derrière moi.

J'étais enragé mais je pense que ça ne paraissait pas. La tristesse de l'homme qui sent qu'il perd tout. La pudeur avant la corde.

— Maxime…

Je ne sais pas ce que je voulais lui dire.

On marchait vers la cour.

J'étais content qu'il soit là, il faisait partie de mon histoire et je voulais faire partie de la sienne et que lui aussi soit content…

On est arrivés dans la cour.

On s'était perdus de vue assez long-temps. J'aurais aimé qu'aujourd'hui soit moins *bizarre* et que je m'en veuille moins à tout propos.

Arrêter d'espérer que tout ça n'ait jamais existé.

Quoi ?

Tout.

Tout lavé dans le seau. Tout parti dans l'eau. Tout.

J'ai vu Maxime du coin de l'œil qui allait vers le cabanon et le seau échoué.

C'était une belle journée ! Il faisait bon exister ! J'aurais voulu annuler tout ce que j'avais pensé.

Le cœur au bord des yeux.

Maxime s'est mis à botter le seau vide à travers la cour, le long des haies. Comme un fou. Je n'osais pas jouer mon rôle de parent.

J'ai perdu Maxime de vue lorsqu'il a fait le tour de la piscine.

Qu'est-ce que je lui aurais dit, de toute façon ? « Ne te défoule pas ! Pas comme ça ! Tu peux l'écrire sur le papier mais tu ne peux pas le *faire* ! »

Il m'aurait répondu que *lui*, il l'avait fait. Il l'aurait au moins pensé.

L'autre avait fait des conneries et on était tentés d'en faire au moins autant.

— Maxime, viens-tu? On va faire un tour.

Il m'a questionné des yeux, je lui ai fait un signe de tête vers le côté de la maison et la voiture.

On ne s'était jamais promenés en auto juste comme ça.

— Tu sais où il reste? m'a demandé Maxime.

— Oui.

Les papiers n'avaient rien changé.

Juste ralenti l'affaire. Sérénité du drogué qui a sa dose dans la poche.

— Bon, ben, on y va?

— On y va.

Ce n'était pas à ça que j'avais pensé, en parlant de *faire un tour*. Mais là j'étais pris avec ce tour-là.

Maxime s'est retourné vers le seau dans lequel nos papiers étaient en train de redevenir blancs sans que ça paraisse. L'eau était rendue aussi opaque qu'un mur.

Il a fait le pas qui manquait vers le seau et l'a botté de toutes ses forces.

Je m'attendais à ce qu'il se fasse mal mais le seau a volé vers la piscine, a pivoté lourdement, en se vidant, comme au ralenti, puis il a frappé le rebord et échappé ses dernières gouttes dans tous les sens.

Il y a eu quelques ronds dans la piscine puis le seau est retombé sur le gazon.

Maxime est allé vers la voiture. Moi je suis rentré dans la maison laisser un message à Danielle : « Salut, je suis parti avec Maxime. Pour le souper, on commande quelque chose ? Je t'expliquerai plus tard. Je vais t'appeler. Je t'embrasse. »

Je n'allais pas lui expliquer au téléphone. Ça irait à plus tard, plus tard. Il faudrait que je sois là pour la serrer quand je lui dirais. La serrer ou bien… Et si elle était plus fâchée que moi ? Car moi, c'était… de la déception ? Retour dans la même merde.

De l'écœurement. Mais pas fâché.

En tout cas pas de la même façon que ceux qui réagissent comme si le Mal venait d'être inventé, s'était mis à exister exprès pour eux. Mais je ne pourrais jamais dire ça à Danielle. Elle ne voudrait pas comprendre.

Danielle, elle tomberait du côté des *responsables*. Elle voudrait que j'y tombe avec elle mais j'y étais déjà. On ne pourrait pas faire le chemin ensemble.

Je suis revenu près de la voiture.

Maxime regardait devant lui, comme s'il n'avait rien remarqué de spécial. Sa ceinture était attachée. Je m'en allais, avec lui, tenir une promesse, mais en même temps je m'attendais à ce qu'il comprenne que ça ne donne rien.

J'ai démarré doucement. Je n'étais pas pressé d'arriver.

On comprend mieux quand on fait soi-même. Maxime ne *ferait* pas mais il serait assez près pour comprendre quand même.

Si Lamarre avait tué Maxime, ça aurait été une autre histoire.

Mais Maxime était encore là.

Lamarre attraperait un peu de prison comme on attrape un rhume.

J'ai repassé dans ma tête le message que j'avais laissé à Danielle. Repassé toute la journée depuis que j'avais vu quelque chose dans le regard de Maxime.

Si je pouvais espérer me substituer à la loi, c'était maintenant, tandis que personne ne savait.

Nous, ses parents, ne nous étions rendu compte de rien. Ni ses amis ni ses professeurs ni personne, pendant que Maxime se faisait jouer dans le système.

Si on renversait la vapeur, le monde était assez con, il ne s'en rendrait pas plus compte.

Ça n'a pas pris deux minutes.

Je me suis stationné devant la même boutique d'art que plus tôt.

— C'est pas là, a dit Maxime.

Toute bonne chose a une fin, c'était toujours aussi vrai. C'est bien beau, une promesse, mais...

Je me suis tourné vers la boutique. J'aurais voulu avoir une idée mais tout ce qui m'est venu, c'est que si je ne disais rien à Danielle, si je me comportais normalement, je perdais mon excuse de ne pas amener ce qu'elle m'avait demandé pour souper et ce serait une longue crise comme d'habitude.

— Maxime, il faut que j'appelle maman.

— Oui.

Brave garçon.

* * *

Je ne me suis jamais battu. Ce qui est tannant quand on est dans mon cas, c'est la peur.

La peur de la première fois.

Peur pour soi, c'est sûr, mais aussi peur d'y aller trop fort sur l'autre, de perdre les pédales et qu'à la fin… ah… oups.

Pour une gageure, j'ai déjà demandé à une fille de coucher avec moi. J'avais parlé assez fort pour que mes amis entendent, de là-bas, et ils avaient bien entendu, mais la fille n'avait pas répondu un « non » sec comme je le pensais, elle avait plutôt essayé de me clouer sur place : « Coucher pour *dormir* ou bien tu penses vraiment que je pourrais avoir envie de toi ? »

Je lui avais répondu que si elle n'était pas *aux femmes*, ça se pouvait, oui, qu'elle ait envie de moi. Ce n'est pas tant les paroles que le ton qui avait eu l'air de convaincre cette fille.

Cette fille, c'était Danielle.

Une des rares fois où quelqu'un lui tenait tête, je pense, et la seule fois où elle se faisait clouer sur place.

J'avais dû bien la décevoir, pendant douze ans.

* * *

Je suis entré dans la cabine télépho-nique.

CHÉRIE

Pendant que le téléphone de la maison sonnait, j'ai vu défiler ce que devraient être mes paroles, pour dire la vérité, rien-que-la-vérité-toute-la-vérité-je-le... : « Salut. Je t'ai jamais dit que j'avais été abusé par une vieille dame, hein ? Bon, ben, là c'est fait. Ah, en passant, Maxime, aujourd'hui... Ben oui ! Lui aussi ! Mais par un homme... Monsieur Lamarre, ben oui... Plus ça change, plus c'est pareil, hein ! Là, Maxime ? Il est en train d'attendre dans la voiture. Je fais la passe à Lamarre pis on s'en vient, O.K. ? »

— Bonjour, vous êtes bien chez les...
J'ai tourné le seul coin de rue que j'avais dû passer pour atteindre la cabine. J'ai vu Maxime dehors, son petit corps appuyé au pare-choc avant.
Ses petites fesses.
Mon petit.

On est reparti vers la maison. Même silence dans la voiture qu'en s'en venant. Mais cette fois je suis arrivé à le toucher.

On commençait à s'habituer, on aurait dit.

Je lui ai serré l'épaule droite quelques fois, ce qui le penchait vers moi, et je me penchais en même temps. Je lui ai flatté les cheveux, on a collé nos têtes. Jusqu'à ce que je me demande s'il ne prenait pas ça pour des *excuses*. Parce que je n'avais rien fait.

Encore.

On s'en allait souper à la maison.

Je ne l'ai plus touché.

On est sortis de la voiture, on est arrivés dans la cour pour passer par-derrière, comme d'habitude. On allait peut-être se courir après un peu sur la pelouse avant d'entrer à bout de souffle?

Ce serait plus drôle.

— Vous aviez planifié de jouer dans le sable cet après-midi?!

J'avais oublié. Danielle. Elle a ouvert la porte patio pour nous parler, puis elle l'a aussitôt refermée.

Qu'est-ce qui est en jeu ici?

Maxime trop grand pour *jouer à la plage*? Si tu savais, Danielle, comment il se sent petit, aujourd'hui, et depuis un bout...

Les seaux traînant dans la cour? Alors que Danielle travaille une fois et demie plus que moi, ce qui s'arrondit en «deux fois plus» dans sa bouche.

Ou bien, encore, une date importante?

J'ouvre la porte patio, je passe juste la tête.

— Tu es en train de faire le souper...

— Tu trouves que je travaille pas assez comme ça? Maxime, va faire tes devoirs avant qu'on mange.

Elle prépare le souper. Pour que ça aille mal. Parce que je n'ai pas apporté ce qu'elle m'avait demandé et que ce n'est *pas bon* de commander de la bouffe, alors que quand ça lui tente, elle, ce n'est pas un problème.

C'est toi qui ne devrais pas *commander*, à personne, petite garce, que ça dit dans ma tête.

Je ne me sens pas la force d'entrer.

Si j'avais su, quand j'étais petit, que ma vie ne vaudrait rien, comme ça, je me serais crevé. Je ne sais pas comment je m'y serais pris mais je me serais tué.

Maxime me suit.

Il écoute rarement sa mère du premier coup. Il prend pour moi le plus longtemps possible.

On fait quelques pas dans la cour, les deux seaux ne sont plus là, ni les crayons.

Les papiers... Ils avaient dû être éparpillés un peu partout par le vent.

Je tourne un peu, sur place, la tête basse, comme si je comptais les brins d'herbe. Quand Danielle s'y met et que Maxime reste près de moi, je ne dis rien.

Ce n'est pas vraiment en train d'arriver.

Ça ne peut pas être aussi laid.

Madame Tomasi.

Danielle.

J'ouvre la porte du cabanon, Maxime sur mes talons. Les seaux sont rangés les uns dans les autres.

J'en attrape un.

C'est bien ce que je pensais.

Danielle les a lavés et séchés. Les autres aussi, qui avaient attrapé la poussière. Et elle en a profité, finalement, pour faire un assez long ménage du cabanon.

Derrière moi, Maxime monte les deux marches étroites du patio.

Je tire la porte coulissante.

Danielle, à gauche, en train de brasser des pâtes qui se roulent dans les bouillons.

On enlève nos souliers dehors. On les tape ensemble puis on passe dans la cuisine pour aller les ranger près de la porte de côté. Danielle s'est retournée pour voir si on ne les *brassait* pas en les transportant.

Brasser, c'est grave. Le mieux, c'est d'avoir un soulier par main, comme ça on est sûr qu'ils ne se frappent pas en chemin.

On descend le court escalier, on les dépose près de la porte, à leur place.

Ce n'est pas toutes les fois comme ça.

Maxime va vers sa chambre. Pour chercher ses trucs d'école, j'imagine.

Le souper sera prêt dans quelques minutes et il n'aura le temps que d'ouvrir son sac, étaler quelques cahiers, trouver son pousse-mine et... et il faudra souper, Danielle sera là, debout, avec un plat trop chaud entre les mains, à crier victoire en silence.

— Miam... qu'est-ce que tu as fait de bon ?

De la fausse bonne humeur. Je sais en *quoi* elle voudra transformer tout ce qu'elle a fait depuis qu'elle est rentrée à la maison.

— C'est raté. Je voulais faire les pâtes avec... tu te rappelles, ce que je t'avais demandé ?! Mais comme tu l'as pas amené...

— Non, je me rappelle pas « quoi ». Mais je me rappelle que je l'ai pas amené.

Puis j'ai ajouté :

— Toi, Maxime, est-ce que ça te tente de manger quelque chose de raté ?

Il a fait signe que « non », puis, comme s'il trouvait que ça n'avait pas assez de poids, il l'a dit : « Non. »

En me regardant d'une façon qui m'a fait tout drôle, Maxime.

Le téléphone a sonné. Danielle a répondu.

* * *

Elle a ouvert son bureau privé, au sous-sol, il y a dix ans.

Produits naturels.

Elle a une bonne liste de clients, mais il faut constamment en recruter de nouveaux pour remplacer ceux qui vont tâter de l'acupuncture ou de l'ostéopathie ou… ou qui arrêtent tout simplement de vouloir améliorer leur sort et choisissent de s'habituer.

Moitié du temps au sous-sol pour des consultations, moitié du temps sur la route, pour vendre à domicile.

* * *

Danielle jacasse au téléphone comme si elle était dans un concours de bonne humeur.

Maxime a l'air enragé.

Je me suis demandé si c'était trop tard. Il avait quelque chose de *définitif* dans le regard. L'air de signifier : « Si tu le fais pas, c'est moi qui vas le faire. »

Et elle continue, la Danielle, au téléphone, à parler fort, à rire pour un rien, marchandeuse, la présence joufflue jusque dans ses silences.

Elle enchaîne avec les prix, ferme, explicative, puis, de nouveau joufflue et rieuse.

Si parfaite !

Aimable, affable... tous les bons *ables* du monde!

Je lui ai pris le téléphone des mains comme on échappe un verre.

Danielle, entrée dans sa phase où elle ne me parle pas, me laisse faire, choquée, prenant des notes pour sa prochaine crise ou bien la suite d'aujourd'hui...

J'ai levé le téléphone au bout de mon bras.

On n'entendait plus que la dame au bout de la ligne, qui continuait à se confier:

— ... j'ai des problèmes au niveau des jambes, c'est sûr que ça pourrait m'aider, ce que vous me dites, là... Ça vient dans quel format, donc? Allô? Allô?

Elle n'avait pas à être ici en ce moment, dans notre histoire de famille.

J'ai essayé de tenir le téléphone un peu plus haut, plus haut au-dessus de ma tête. Je n'allais pas pouvoir tenir longtemps comme ça avant d'être ridicule.

— Allô? Aaaaallô?

Danielle ne pleurait pas encore mais ça s'en venait.

Je vais te montrer, moi, comment tu me blesses. Je me suis retourné, j'ai senti le bras de Danielle, dans mon dos, qui essayait de me retenir, mais tout mon corps allait vers l'avant et mon bras se dépliait, se crispait, se gonflait.

Maxime à gauche. L'escalier vers le sous-sol derrière lui. La table à droite.

Entre ma chaise et le garde-fou de l'escalier, il y a juste l'espace, un bel espace de carrelage beige et blanc, comme taché dès le jour qu'ils l'ont posé.

J'ai serré les dents et penché le corps encore, encore, j'étais en train de me lancer avec le téléphone.

Le combiné a explosé sur les dalles comme une goutte dans une fontaine.

Un petit morceau de plastique m'a touché le front. Petit morceau de rien, dont je porterai encore la marque dans une semaine.

Je me suis retourné. Danielle pleurait. Mais Maxime, non. Et il ne s'en allait pas dans sa chambre.

J'ai serré Danielle. Un adieu, pour tout de suite. La prochaine fois ce serait un adieu un peu plus long, et la prochaine fois encore plus, encore plus, jusqu'à ce que ce soit un vrai adieu.

Maxime a descendu le bout d'escalier jusqu'à la porte, mais avant qu'il ne se sauve jusqu'au sous-sol je l'ai arrêté de la voix. Avec Danielle, c'était la première fois que je me décollais le premier.

— Maxime, on s'en va !

Je n'ai pas ajouté « mets tes souliers ». On aurait dit qu'il manquait quelque chose à ma phrase. Ma foi, je commençais à considérer Maxime comme une personne intelligente à part entière !

Il a mis ses souliers et on est sortis.

— Maman a besoin qu'on la laisse se reposer un peu.

Demain après-midi, Danielle sera sur la route, je viendrai avec Maxime chercher des vêtements et autres. Ou ce soir, pendant qu'elle est là, pour ne pas faire ça en voleurs.

DOUZE ANS POUR ÇA

Pour l'instant, c'était nous sur la route.
Le moteur ronronnait comme un chat de
maison.

Professeur.

Monsieur le professeur.

Personne ne va me montrer comment
faire, où, pourquoi, en combien de
chapitres.

Maxime s'est tourné vers moi.

— Papa, il faut pas qu'on retourne
avec maman... pas comme ça.

Bon. Ça nous donnait une direction.
N'importe où sauf à la maison.

— Je vais t'expliquer quelque chose.
Je sais pas si moi-même je veux l'accepter
mais je pense que c'est comme ça que ça
fonctionne... Il faudrait que t'essayes de
comprendre que... maman, il faut pas
que tu penses que c'est juste de sa faute
à elle... moi aussi... Tu te souviens, ton
ami Quentin?

— Oui.

— Un moment donné, tu as arrêté d'aller chez lui parce qu'il te faisait tout le temps mal. Il finissait par te crier de t'en aller chez vous...

— Oui. Pis quand je retournais, deux trois semaines plus tard, il était plus gentil mais un moment donné ça recommençait. C'était tout le temps pareil... Tu penses que maman va toujours recommencer à être méchante, elle aussi?

— ...

— Mais si on ne retourne pas, elle pourra plus être méchante, c'est ça que tu veux dire?

— Il faut que tu te souviennes d'une chose très importante... je pense que tu l'as déjà comprise mais, juste pour être sûr...

Je me suis tourné vers lui. Maxime était concentré. Cette journée d'action dans tous les sens...

En remettant les yeux sur la route, je lui ai ébouriffé les cheveux.

— Ou bien tu veux-tu dire que... c'était aussi de ma faute, parce que je retournais toujours jouer avec Quentin même si je savais...?

Il était responsable, parce qu'il était retourné. Et s'il n'acceptait pas cet état de fait, tout de suite ou plus tard, toute sa vie ensuite il pourrait se laisser faire encore en remettant la faute sur les autres, toujours…

Danielle.

La lumière était rouge, on a arrêté.

Maxime a eu l'air de transposer tout ça dans sa tête.

Il a revu des coups au baseball, a transposé encore une fois. Je l'ai senti qui serrait les dents. Je me suis demandé s'il n'allait pas éclater, éclabousser partout comme le seau qui frappait le rebord de notre piscine.

— À partir de maintenant, c'est moi qui vas être le plus fort. AAAAAAAAAAAH !

Il a d'abord cogné sur le coffre à gants avec la paume de sa main. Puis sur le plancher de la voiture avec ses pieds. Comme pour les défoncer.

Il avait l'air d'un enfant mal élevé qui fait une crise pour avoir de la crème glacée ou un jouet de dépanneur.

La lumière a tourné au vert.

Maxime a encore frappé sur le coffre à gants.

J'ai regardé. Il n'avait pas l'air cassé.

J'ai frappé à mon tour, mais sur le tableau de bord devant moi. Aussi avec le plat de la main.

Du bruit, mais rien de cassé. Comme les visages qui ne bronchent pas, sous nos coups, dans les rêves.

Maxime a frappé sur le coffre à gants.

J'ai frappé sur le tableau de bord.

Maxime.

Moi.

Maxime.

Puis j'ai frappé sur le coffre à gants parce que j'aurais voulu qu'il casse un peu, le tannant! Maxime et moi on a frappé en même temps, mais heureusement pas à la même place, parce que j'aurais pu lui casser la main net, et là, va expliquer ça à la police…

Bien, Maxime, bien. Il apprend vite, le petit. Vaut mieux maintenant. Vaut toujours mieux maintenant. Ça lui laissera plus de temps pour le meilleur, je me suis dit, mais est-ce que ça existe, le meilleur, ou bien c'était juste une lubie d'avant mes six ans, quand je ne connaissais rien?

À force, Maxime a saigné. Il avait fini par défoncer le coffre avec ses genoux. Un éclat de plastique lui a déchiré la paume.

On était devant un motel crasseux. Ils auraient au moins des diachylons. Ou bien juste une chambre et pas de pansement. Alors on prendrait du papier cul. Ce n'est pas que ça saignait bien, beaucoup et vite, mais…

Maxime avait l'air fier comme un paon de ne pas pleurer. Il s'est concentré pour ne rien tacher avec le sang, dans la voiture. Il s'est mis à s'éponger avec des serviettes de table qu'il a prises dans la portière.

Fier. Mais il ne l'a pas montré longtemps. Il fallait que ce soit naturel, normal pour lui.

— Maxime, crisse, arrête de jouer dans ton bobo !

Il y a des limites. Il y en avait, il y en aura toujours.

Maxime a fermé sa main pas blessée sur l'autre.

À la réception du motel :

— Bonjour, c'est juste pour une chambre, s'il vous plaît. C'est mon fils, vous voyez…

Je sortais mes cartes d'identité, la carte d'école de Maxime et j'inventais à mesure ce qui venait de se passer, quelque chose de plus crédible que notre réel après-midi et la main blessée dans l'auto.

Avec des détails et l'air de vouloir me confier.

Un air désagréable et blasé.

En tout cas, c'est ce que j'ai essayé.

Le propriétaire a attendu que j'aie fini pour prononcer les paroles d'usage et me remettre les clés. J'étais celui des deux qui avait le plus pensé à la police.

C'est là que ça m'a frappé : je n'avais pas dit à Danielle pourquoi j'avais cassé le téléphone. Elle avait pris ça pour un réflexe imbécile, comme la dame qui essaierait d'effacer ses vergetures avec des produits naturels. Il aurait fallu que je lui hurle, purement et simplement : « Quand est-ce que tu vas te décider à être gentille comme ça avec nous autres ! » Toutes ces fois au téléphone et à l'épicerie et partout avec des plus ou moins inconnus… toutes ces années… toutes ces fois, toutes ces années à être gentille, mais toujours avec les autres.

Maxime et moi, on entre dans la chambre. Pas de bagages, rien à ranger. Et sur le dos, des vêtements légers qui veulent forcer l'été à arriver. Le nécessaire est fourni avec la chambre. Je m'amuse à penser qu'il nous manque juste la moitié du kit minimum du parfait voyageur de plage : une brosse à dents.

Je regarde par la fenêtre.

J'ai entendu Maxime se coucher sur le lit.

Grosse journée, mon gars, et la route est encore longue. Un petit peu à la fois, c'est ça. Si on pense à toutes les fois en même temps, on ne comprend plus, c'est le mal de cœur. Exactement comme penser à toutes les barbes à papa que tu as mangées et mangeras encore à La Ronde. Pourtant, chaque fois c'est la fin du monde dans ta bouche, tu t'en souviens? Tu as hâte à la prochaine fois.

La chambre de motel, sans couleur, elle sent... Le passage des gens, des années. Le passage. Le passé.

Danielle.

Il arrive un moment où on comprend l'essence de quelqu'un. Ce que cette personne *est*. Dans les meilleurs moments et dans les pires, de Danielle, c'est toujours ce que j'ai vu, depuis le début : une petite garce. Ses parents, c'étaient des hippies prônant l'amour libre jusqu'à ce que maman Danielle tombe enceinte. Prônant l'amour libre encore après.

Maman Danielle est une des seules à être tombée enceinte. Les autres prenaient leur pilule plus assidûment, paraît-il. Ou prenaient le sperme ailleurs que là où ça germe. Danielle devenait donc une des trois ou quatre enfants dans un troupeau de vingt adultes en chaleur et sur l'acide et l'herbe et tout ce qui te fera faire « waaaaaa… ».

* * *

Je me retourne. Maxime dort à poings fermés, le droit enroulé dans le papier cul imbibé de sang.

« T'ES MÊME PAS MON PÈRE ! »

Je sors prendre de l'air. Tout l'air disponible.

Toujours presque un début d'été. Juste un peu plus tard dans la journée.

Flottement. Je suis tout seul et je n'ai pas à rentrer à la maison. Il fait meilleur que d'habitude. Il fait beau.

Une petite fille approche, elle se gratte encore et souvent. Comme elle pourrait se pincer le poignet ou se tortiller les doigts ? Se tourner les cheveux ? Un tic ?

Sa voix aussi timide qu'assurée. Désespérée, j'aurais dit, mais non, parce que celui qui n'a plus d'espoir ne fait rien. Et la petite, elle m'a approché.

Les grands personnages de l'Histoire m'arrivent en tête. Il n'y a que deux genres d'humains : ceux qui y croient et ceux qui n'y croient pas.

Je ne sais vraiment pas quoi lui dire. Il y a ça de bien avec les enfants, pour les combler, juste sourire et être là au complet, ça peut suffire.

Comme ma pensée glissait vers Maxime, je me suis retourné et il était là, entre deux lignes jaunes de stationnement. Il avait peut-être eu peur que j'aille faire quelque chose sans lui.

— Ça t'a fait du bien de dormir ?

Il ne m'a pas répondu ni même fait semblant, de la tête ou des lèvres. Mais il a eu l'air de penser : « Quand est-ce que tu vas arrêter tes questions plates ?! »

Je me demandais, moi aussi.

Je n'ai pas répété ma question.

Une femme arrive dans une salopette tachée de toutes les couleurs. Une peintre ? Elle approche, elle approche... non, ce n'est pas celle avec qui je n'ai pas éjaculé, il y a quelques années. Je me dis que tout va bien et je tourne les talons.

On était à mi-chemin, dans le stationnement, Maxime et moi, quand il y a eu comme un cri de veau qui se fait tatouer son numéro :

— T'es même pas mon père !

La petite me pointait ses deux index, fiers. Non, je ne suis pas ton père. Elle

apprendrait bien assez vite qu'elle n'uti-
lisait pas les bons doigts.

J'ai laissé Maxime dans la chambre.

— Je reviens dans cinq dix minutes, pas
plus. Je vais juste prendre une marche.

J'ai regardé l'heure. Vieux réflexe
d'avec Danielle.

Le stress.

Et quand je n'étais pas avec elle, j'avais
quand même la tête qui se faisait aller à
chercher ce qui pouvait être une bombe à
retardement. Tout revoir dans la maison...
Le recyclage fait parfait, le tour des ronds
du poêle, les rainures de la céramique dans
la salle de bain... Est-ce que j'aurais oublié
de changer le papier cul! Crisse, pas ça!

Une seconde nature.

* * *

— O.K., qu'il a dit.

Maxime est déjà tout dans la télé.
Prêt à faire une bonne sieste, je pense,
mais dès que j'ai eu fermé la porte de la
chambre derrière moi, j'ai senti qu'on me
regardait, alors je me suis retourné juste à
temps pour voir son visage qui se retirait
de la fenêtre.

Le même manège.

J'ai marché, juste comme tout à l'heure, mais cette fois en prêtant attention aux sons qui venaient de derrière.

J'ai entendu la porte de la chambre s'ouvrir puis se refermer tout doucement.

Maxime s'est mis à faire rapetisser la distance entre nous.

Il ne voulait peut-être plus que je m'occupe de monsieur Lamarre mais ne savait pas comment me le dire.

Ou bien il tenait absolument à être là ?

Toi tu me fais, moi je te fais

— Ça te tente qu'on fasse quelque chose
ensemble?

J'aurais dû dire « autre chose ». On
avait déjà fait le truc des papiers. Mais
Maxime aurait dit oui à n'importe quoi.

On est rentrés dans la chambre. Il
faisait plus sombre.

Ça allait finir par être la nuit. Cette
journée pourrie allait finir par finir.

J'ai trouvé bête d'avoir à racheter des
crayons. Les neufs, on les avait laissés à la
maison. Par dépit, j'ai fouillé dans le tiroir
de la table de nuit et j'ai trouvé deux stylos
ensemble, comme s'ils se réchauffaient
dans le noir.

— Tu veux bleu ou... bleu?

— ...

Maxime n'a ni ri ni souri.

C'est vrai que ça doit être stressant
d'être un enfant.

Ça me revenait, je n'avais pas fait ça
pour rien.

Maxime regarde les deux crayons de la même couleur et choisit celui qui lui plaît le plus. Je reste pris avec le chicot croche et grugé.

Sur la table de nuit, j'attrape un reste de tablette de papier que je sépare en deux.

On s'installe en Indiens sur le lit, le bas du dos appuyé aux oreillers, le haut du dos sur le mur.

Je demande à Maxime :

— Penses-tu que je suis capable de te dessiner ?

— Non.

— Ha ha !

— Toi, penses-tu que t'es capable de me faire ?

— Non.

— Ha ha !

On s'est mis à se dessiner.

Maxime me faisait gros, énorme, sur toute la petite feuille. Moi, il y avait d'abord un petit bonhomme, du gazon... mais j'ai barbouillé le bonhomme trop petit, ça pourrait devenir une pommette ou un nœud papillon, comme à la première communion de Maxime.

Dommage que tu ne sois pas dans ma tête, mon gars. Mais de toute façon, on en parlera à un moment donné et ce sera aussi magique.

Maxime s'applique. Je zieute sans que ça paraisse. En tout cas je pense que ça ne paraît pas, comme le regard discret vers le décolleté, tandis que la fille nous voit *gros comme ça* plonger jusque dans son nombril. Sur mon dessin, le petit bonhomme du début barbouillé est en train de devenir un nuage morose. Le genre de nuage de bande dessinée avec des signes de colère dedans.

Maxime dessine. Moi aussi. Deux grands dessins qui prennent toute la petite feuille qui les accueille. Il n'est pas si mauvais. Meilleur que moi en tout cas. Son dessin a presque l'air d'un vrai humain, alors que le mien ne ressemble à rien d'autre que des traits de crayon qui partent dans toutes les directions.

Maxime semble avoir fini. Moi aussi. Il met son dessin devant mes jambes repliées. Je lui mets le mien dans les mains.

On regarde.

Je me ressemble presque. Mais surtout je suis grand, énorme. Tout à fait la bonne grosseur pour un enfant qui a besoin d'être défendu et rassuré.

Le parent sait tout, le parent est un dieu, je suis un dieu.

— Je trouve que tu m'as bien dessiné, Maxime.

Je me retourne. Il pleure. Je voudrais lui demander s'il veut en parler, mais… c'est sûr qu'il veut en parler !

— Es-tu capable de me parler de ce qui est arrivé avec monsieur Lamarre ?

Je suis le plus pourri des pourris de lui avoir demandé s'il était *capable*.

— Je veux pas t'en parler. C'est à lui que je veux faire mal, pas à toi. Mais je veux parler à maman, par exemple.

Maxime vient d'utiliser *veux* dans sa réponse. Et trois plutôt qu'un ! J'ai compris. Ce n'est pas les fois où ça paraît le plus qu'on a le plus honte.

— C'est correct.

J'ai imaginé qu'il *voulait* lui aussi *s'occuper* de monsieur Lamarre.

— En tout cas, quand tu veux m'en parler…

— Oui.

L'air contrarié. Je me suis trouvé bon joueur d'utiliser son *veux*. Mais si on se trouve bon joueur c'est qu'on est habitué à tricher, non?

— T'as déjà entendu le dicton « la nuit porte conseil » ?

— Oui.

— Et t'as déjà entendu qu'il ne faut pas remettre à demain ce qui peut être fait aujourd'hui?

— Oui.

Celui-là, je l'avais souvent dit. Maxime croyait peut-être que je l'avais inventé.

— Bon. Maintenant, qu'est-ce qu'on fait avec ça?

— On pourrait aller voir maman…

— Bon. On va voir maman?

— Oui.

Après m'être levé du lit, je me suis retourné, Maxime a attendu que je parle mais je n'avais rien à dire, je voulais juste voir.

Il est devant moi, sa tête deux têtes plus bas que la mienne. Entre quatre murs vert-gris-beige qui sentent le temps.

On est sortis.

Puis on est entrés dans l'auto.

On a hâte

On est arrivés dans la cour de la maison.

Du petit hall d'entrée, deux marches plus bas que la cuisine, on a d'abord vu Danielle couchée en boule, de dos, sur le carrelage. Elle pleurait toutes les larmes de son corps. L'habituel, quoi.

Ça m'a rassuré.

Je me suis agenouillé sur la première des deux marches. La situation était déjà à son plus laid. J'essayais d'avoir du respect.

Je lui ai demandé :

— Qu'est-ce que tu fais là ?

— T'es pire qu'un congélateur ! Je pleure pis ça te fait rieeeeen !

Les secondes passent.

Maxime est sur le tapis d'entrée.

— Si je te dis ça, c'est pas pour chercher quelque chose de positif ou quoi que ce soit, mais… Mon père est venu aujourd'hui, je l'ai reviré de bord assez raide.

— Tu me demandes même pas pourquoi je pleure !

— Non, je te demande pas pourquoi tu pleures. Je suis juste venu voir si t'es correcte. Maxime pis moi, on est ben tristes de ça.

— Pis demain ?

— On va peut-être revenir demain, aussi.

Danielle rigolait presque. En tout cas dans son ton. Est-ce qu'enfin, l'impossible… ?

J'ai senti venir le coup mais c'est Maxime qui a tranché :

— Je pense qu'elle est *correcte*.

Je me suis remis sur mes pieds, Maxime me tirait par le côté du chandail, je reculais, on allait sortir.

J'ai vu ma vie de couple et de famille défiler devant mes yeux. Trois, ce n'est peut-être pas assez pour faire une famille.

— Je peux plus rien faire pour toi, Danielle.

Je me suis retourné, Maxime n'avait plus l'air prêt à partir. Booooooon ! Il voulait monter les deux marches.

Il m'a presque bousculé.

— Maman, on s'en va, là, parce que nous autres on n'est plus capables, O.K. ? Il faudrait que tu changes.

Simple et doux comme le matin, le miel qui glisse du couteau et tourne en petits cercles rapides sur le pain. Maxime lui flattait les cheveux. Je ne voyais pas le visage de Danielle mais j'ai eu l'impression qu'elle serrait les paupières de plus en plus fort.

Maxime a continué à lui flatter les cheveux, j'ai pensé que Danielle avait arrêté de pleurer mais tout son corps s'est mis à trembler. Des soubresauts de larmes silencieuses.

— Pis après, ben, on va recommencer à vivre ensemble pis on n'aura plus besoin de se chicaner, O.K. ?

Elle n'a rien répondu.

— O.K. ?

Maxime lui parlait comme à un enfant. Je ne vois pas comment il aurait pu faire autrement.

Danielle a respiré un grand coup.

Maxime a flatté encore un peu ses cheveux, pas assez longtemps, j'ai trouvé. Mais il fallait qu'on parte, il avait raison. L'infini, c'est aujourd'hui et demain qui tournent en rond. On avait assez eu l'impression d'être pris dedans.

Dans la cour, en entrant dans l'auto, Maxime m'a demandé si le *truc* des papiers dans l'eau c'était de la magie.

Un genre de magie, oui. Ça te fait du bien, vite, par un chemin que tu ne connais pas, tu ne savais même pas qu'il existait et tu ne le verras jamais. Tu as raison, de la magie.

J'ai fait signe que oui.

On s'est mis à rouler vers notre chambre de motel.

— Mais moi, c'est quand j'ai frappé dans l'auto que je me suis vraiment senti bien.

— T'es sûr?

— Crisse, oui!

— Bon.

— Si on allait voir monsieur Lamarre, tu te sentirais peut-être mieux, toi aussi.

Une énorme fatigue m'est tombée dedans comme un poupon en bas du comptoir.

On est arrivés au motel. Maxime est descendu de la voiture en fou.

— Va pas trop vite! Qu'est-ce que tu vas faire? T'as pas la clé!

— Si le gars de la réception veut pas me prêter un double, je vais m'occuper de lui.

— Tiens !

J'ai lancé la clé très haut, Maxime s'est retourné, il ne l'avait pas vue quitter ma main, et avec la pénombre... C'est une des premières choses qu'ils leur apprennent, au baseball, juste après « mettre les souliers à l'endroit » : ne jamais quitter la balle des yeux.

Il s'est retourné.

Moi aussi j'avais perdu la clé de vue.

Elle lui est tombée sur la tête.

— Crisse, c'est quoi ton problème ? !

Il l'a ramassée et me l'a lancée de toutes ses forces. Je trouvais qu'il sacrait un peu trop. Et là, surtout, il me sacrait après.

Mais cette clé que Maxime était en train d'imaginer me défoncer une côte ou quelque chose du genre, je l'ai attrapée.

Puis je l'ai relancée, très haut, encore plus haut, mon plus plus haut, et Maxime n'a pas eu à bouger, il a tiré son chandail et la clé est tombée dedans. Ça prend du temps avant de comprendre que ça ne fait pas mal, attraper les choses avec ses mains.

J'ai refermé la porte de notre chambre derrière nous et demandé à Maxime d'éteindre la télé. Comme par réflexe, il s'est levé et mis à la fenêtre, les mains dans les poches. Oui, exactement comme ils font à la télé.

MAL ET BIEN

Les lumières vertes se sont succédé au-
dessus de notre cheval de tôle sur roues.

J'ai dépassé la maison de monsieur
Lamarre.

Maxime a crié :

— Qu'est-ce que tu fais ! ? !

— Je prends mon temps.

On a tourné en rond dans le quartier.

La vengeance est un plat.

Qui se prépare.

La souffrance.

Je me suis dit que Maxime, s'il avait pu
choisir, aurait pris ça, la douleur physique,
plutôt que le *plaisir inverse* auquel l'a forcé
monsieur Lamarre.

On a fait un virage en U sur une rue
trop petite pour ça.

Ça faisait trois fois qu'on passait sous
les mêmes arbres, à côté des mêmes arrêts,
sous les mêmes lumières dans un sens puis
dans l'autre.

J'ai tourné la clé. Le moteur s'est arrêté.

Les arbres sur notre gauche s'accrochent au vent du soir.

Nous, on ne bouge pas.

Le monde est tellement beau et bon.

Madame Tomasi, en fait, oui, si elle avait eu encore toute sa tête, ça aurait eu du sens que je lui fasse des choses. Mais j'avais perdu. Je suis arrivé deuxième derrière la maladie.

— Maxime, ça se peut que papa fasse de la prison, après, hein…

— Je le sais.

J'ai ouvert ma portière, Maxime la sienne. On est sortis.

La porte de Lamarre était à cent pas. On les a faits en silence.

Pas d'autre chemin pour l'instant.

Ding-dong.

Pas de réponse.

Ding-dong.

Toujours pas de réponse.

Réflexe de rage, avec la paume de la main j'ai cogné dans la porte. Bang!

— Tabarnac!

J'étais au bord des larmes. Le monde était encore beau.

Maxime a donné un coup de pied dans la porte, il a regardé si ça avait laissé une marque, puis il en a donné un autre. Je guettais sa main blessée, je ne voulais pas qu'il frappe avec.

Il a continué.

À un moment donné il a pris son élan comme il faut et est arrivé à faire une première bosse. Puis une autre. Des bosses que Lamarre allait remarquer en rentrant chez lui.

— Maxime, viens dans l'auto, il faut que je te parle.

Maxime est entré dans l'auto.

— Je veux que tu saches que peu importe ce qui va arriver avec monsieur Lamarre, ça ne changera rien à ce qui t'est arrivé à toi. Je veux dire…

La porte de la maison s'est ouverte, Lamarre est apparu dans l'encadrement. Moitié ombre, moitié lumière. Il avait l'air de se relever d'une sieste, un peu lourd mais digne. Sérieux. Il ne bougeait pas, comme si on l'avait mis sur pause.

J'ai pensé à voix haute :

— On sait pas ce que ça va donner, de faire mal à monsieur Lamarre.

— Lui ça va lui faire mal et moi ça va me faire du bien. C'est pas ça?

— Maxime…

Je me suis fait une raison.

J'ai fermé ma gueule.

J'étais prêt.

— Qu'est-ce que tu veux que je lui fasse?

— Je veux que tu le fesses dans les couilles, fort, plein de fois, jusqu'à temps qu'il reste plus rien.

Évidemment.

On est ressortis de la voiture.

Lamarre était toujours placé pareil, dans son cadre de porte. Chez lui. Légitime défense, devant le juge.

Pendant que j'avançais avec Maxime, Lamarre s'est penché sur sa porte pour voir à quel point on l'avait abîmée.

Pas beaucoup, qu'il se penchait, il me semble… Ou bien c'est qu'il avait cliqué, il savait pourquoi on était ici, pourquoi les coups sur sa porte.

Il a parlé :

— Même si tu enregistres ce que j'vais dire, même si tu fais ce que tu veux, je m'en crisse…

Il restait là, moitié appuyé au cadre, moitié à sa porte ouverte.

Un Lamarre comme je le découvrais pour la première fois, faible et apparemment fier de l'être. Il devait être comme ça avec Maxime...

Je suis venu les yeux pleins d'eau. Maxime se tenait derrière moi. Je le comprenais.

Ça faisait bien dix secondes qu'on se fixait l'œil gauche puis le droit, puis le gauche puis le droit... Quand même, aussi, un être bien trempé, ce Lamarre.

Puis il s'est remis à parler :

— Tu peux faire tout ce que tu veux, ce qui est faitt est faitt.

Lamarre, l'air léger et vide. Une coquille d'œuf sur laquelle on aurait peint des vêtements de gros homme.

Il s'est mis à se tripoter la queue par-dessus son jean, je me suis senti mieux, je n'étais pas seul à dérailler. Mais la douleur est arrivée en même temps, au ventre, et m'a coupé les genoux.

J'ai plié, je n'avais plus de souffle.

Je suis tombé.

Lamarre a arrêté de se toucher.

J'ai respiré : ça faisait mal.

J'ai essayé de ne pas respirer : ça faisait mal et je manquais d'air.

Alors j'ai décidé de faire comme d'habitude, n'importe quel matin, et de me lever.

J'avais le regard vide.

Je n'ai pas perdu les pédales. Je ne suis pas *parti* puis *revenu* dans mon corps, j'étais juste *dedans*, dans chacune de mes fibres. J'existais au complet.

Comme Maxime me l'avait demandé, j'ai commencé par les testicules. Dos à lui.

Coup de genou, d'abord.

Lamarre s'est plié.

Je l'ai repoussé dans sa cuisine.

Toujours de dos à Maxime, j'ai dû botter la tête de Lamarre de toutes mes forces plusieurs fois avant qu'il perde connaissance et arrête de se tenir recroquevillé.

Puis je me suis remis aux couilles. Encore, encore, encore, encore. Je ne voyais aucune raison d'arrêter parce qu'il n'y en avait pas.

Lamarre a repris connaissance mais j'ai juste eu besoin de lui botter la tête une petite fois, et pouf, il est reparti dans les vapes.

Retour aux testicules, bottés, écrasés, j'ai sauté dessus.

Son jean est devenu foncé où je frappais, de sang ou autre ou les deux. J'aurais voulu qu'il ne reste rien, à la fin, mais je savais que ça allait être le contraire.

Ça m'a un peu enragé.

Ça craque sur toutes les tonalités, ça craque. Je saute sur la poitrine. Puis ça craque de moins en moins. De plus en plus des petits sons de verre concassé, comme si le torse avait été une main et qu'elle brassait des billes dans sa paume.

Vers la fin, du sang s'est mis à sortir de sa bouche et j'ai trouvé ça beau. Du sang de ses oreilles, et aussi un liquide jaunâtre. C'était bon signe, j'avais déjà entendu quelque part...

J'étais fier de lui, maintenant, Lamarre, de finir aussi beau.

Il ne me dérangeait presque plus.

J'ai regardé mes souliers, ils n'étaient pas tachés.

Non, Lamarre ne me dérangeait plus.

J'avais sérieusement besoin de pleurer. Le monde était tellement beau et fort et à sa place, pour faire changement... mais je me suis retenu, pour Maxime.

Ça, oui, c'était un moment pour toute sa vie.

J'ai encore regardé mes souliers. Non, aucune trace de sang, Lamarre avait coulé comme il faut par la commissure de ses lèvres et ses trous d'oreilles jusque dans ses cheveux, jusque sur le plancher... Aucune minuscule goutte sur mes souliers. On aurait dit qu'ils n'étaient pas au courant de ce qui venait de se passer.

Je me suis retourné vers Maxime resté dans le cadre de porte. Il avait l'air salement en état de choc ! Je lui ai fait un clin d'œil. Je ne voyais rien de plus pour qu'il se souvienne de ce moment toute sa vie.

Il s'est approché un peu. Il avait l'air d'hésiter entre trouver ça trop beau et trouver ça *trop* tout court.

Il a arrêté d'approcher, je me suis demandé s'il craignait que Lamarre se réveille. Maxime m'a tiré par la manche courte de mon t-shirt. La flaque de sang était presque rendue à mes souliers. J'ai reculé.

SURVIVRE JUSQU'À DEMAIN

On est restés devant Lamarre mort.

— Maxime, t'as pas dit à personne d'autre...?

On est sortis comme on était arrivés. J'ai regretté les coups sur la porte plus tôt.

Si j'avais été tout seul, j'aurais peut-être plus remarqué les mouvements du voisinage, les lumières aux fenêtres, mais il y avait Maxime qui marchait devant moi et ça me suffisait... ça me surpassait.

On a atterri dans la voiture. Je me suis tourné vers Maxime.

Dans les reflets de lampadaires, il m'a semblé aussi blanc que vert. En tout cas, pas couleur peau.

J'ai essayé de deviner ce que Maxime... Il a cligné des yeux. J'ai tourné la clé. La voiture a démarré comme un charme.

Il y a ça de bon, l'été.

Ça n'a pas été long qu'on a été de retour devant le motel. Case départ.

On n'avait rien à manger dans notre chambre, et pas de restaurant proche.

J'étais sorti, entre ma portière restée ouverte et la voiture. Maxime pareil, de son côté.

— Tu te souviens quand t'étais petit, on t'avait fait accroire qu'on allait manger au restaurant? On t'avait dit qu'on allait au Chaize Nouss? Tu te souviens?

Il n'a pas eu l'air. Ou vaguement.

Ça m'avait semblé une bonne soirée, moi. Dans le temps, c'était encore un peu possible. Des fois c'était une heure au complet sans que Danielle joue trop les rabat-joie. Mais une Danielle qui était gentille, c'était une Danielle qui souriait et ne disait rien. Peut-être qu'elle manquait juste tragiquement d'imagination, d'idées. Pourtant, la petite fille qui faisait des spectacles…

— Oui, je me souviens.

Pauvre petit, il fallait lui recharger les batteries, et vite! Il a ajouté, immobile dans le stationnement :

— C'était Danielle qui m'avait fait marcher, hein ? Elle faisait jamais de blagues, à part pour me faire marcher... Crisse que ça la faisait rire de me décevoir !

C'est vrai, j'avais dit qu'« on » lui avait fait accroire, mais...

Pas de doute. Il sacre comme moi. Avec mon ton.

— Mais Chaize Nouss, quoi, t'avais pas aimé ça, Maxime ? C'était trop épicé, ou bien quoi ? Monte ! On y va, pis là c'est vrai, c'est pas une joke ! Pis c'est pas *chez nous* !

Maxime s'est rassis dans la voiture. J'étais tout sourire. Lui tout fatigue.

On est arrivés devant le restaurant qui m'était venu en tête.

Maxime a regardé la devanture illuminée.

Il avait l'air de ne pas y croire.

Pas qu'il ne m'avait pas fait confiance, mais...

Il regardait, il regardait... Là c'est vrai, on était un peu dans le temps reculé. Le bon vieux temps sous nos pieds.

Comme un zombi, Maxime est sorti de la voiture, moi dans mon élan d'enthousiasme.

LE CHESS NOSE

Je n'avais pas fait le lien, quelques semaines plus tôt, quand le restaurant avait ouvert ses portes.

Un gros bonhomme rigolo avec, à la place du nez, un roi de jeu d'échecs qui sort carrément du plastique de la devanture. Ou est-ce que c'est une tour? Un simple pion stylisé? Dur à dire. Sûrement un roi, la pièce la plus importante du jeu, comme n'importe quelle entreprise dit : «On est les meilleurs, minimum!» *Au moins* les meilleurs. Peut-être même meilleurs qu'eux-mêmes. Ça devenait compliqué.

Maxime a prononcé le nom du restaurant pour tester que le jeu de mots fonctionnait bel et bien. Puis il s'est retourné vers moi, il souriait en coin dans la lumière de la devanture :

— On va Chaize Nouss!

J'ai poussé la porte. On est entrés. On pouvait s'asseoir sans demander aux serveuses.

Il n'y avait personne. À part quelques employés. Un autre restaurant qui allait mourir de sa laide mort.

Sur ce coin de rue, c'était la *grosse mode*, ils faisaient tous ça un après l'autre, depuis des années. L'un durait quelques mois, l'autre quelques mois aussi, puis un autre... presque une année avant de fermer! Venir manger sur ce coin de rue, c'était comme aller au cinéma dans une ville fantôme.

Pour Maxime et moi, ça rendait ça plus spécial, comme si le restaurant était en train d'exister juste pour qu'on ait le temps de venir.

On a commandé avant de s'asseoir, Maxime l'assiette de viande fumée et moi une soupe et un steak. Maxime aime beaucoup le cornichon qui vient avec, le genre de *cochonnerie* qu'on n'avait pas à la maison mais qu'on lui permettait en sortie. J'ai failli dire au serveur : «Ah pis d'la marde, amenez-lui donc le pot!»

Alors qu'on se dirigeait vers notre table, j'ai pensé à Lamarre. Ce n'est pas ce soir qu'on saurait si quelqu'un nous avait vus ou non.

Pendant qu'on s'assoyait, j'ai repensé à Lamarre. Deux fois en deux minutes. Ce n'était pas tant lui, ni sa mort, ni… mais la *marque* qu'il avait laissée sur mon fils. Marque qui était encore là? Serait toujours là?

J'ai répondu à Maxime :

— Oui, on peut s'asseoir tous les deux sur la banquette, ça me tente moi aussi.

Quand le serveur est venu porter l'eau, Maxime a dit que ça avait été long.

Le serveur a été surpris.

Maxime a répété :

— Oui, ç'a été long!

Me voyant dans la lune, le serveur a dû penser : « Un autre père qui se fait mener par son fils… », mais j'ai laissé couler et je suis resté un peu plus longtemps dans la lune.

On avait bien fait de s'asseoir sur le même côté de la banquette.

* * *

Nos assiettes sont arrivées.

Maxime a attaqué sa viande en piochant entre les deux tranches de pain de seigle. Celle du dessus était posée comme un éléphant sur une bicyclette. Elle est

tombée. J'ai attaqué mon steak. On a dit
« huuum » ensemble.

Puis on a tout descendu, tout avalé.

Quand j'ai relevé la tête, nos deux
assiettes étaient terminées.

— Je pense qu'il faut que j'aille parler
à maman. Veux-tu rester au motel pendant
ce temps-là? Ce sera pas long. On pourrait
s'entendre sur le temps que ça devrait
prendre pis je vais prendre *juste* ce temps-là
et pas plus? Tu sais comment ça tourne,
avec Danielle…

— Cinq minutes, même pas… deux.

Au fond c'était irréaliste, mais c'était
peut-être mieux comme ça.

— Avec ou sans le déplacement?

Ce n'était pas une question, vraiment,
mais Maxime a quand même considéré la
chose. Il a fermé un peu les yeux pour voir
plus clair dans sa tête.

— Ouais, mais, comment je vais savoir
que… Ben, je vais venir avec toi. Pis à partir
du moment où… à partir du moment
que maman répond à la porte, t'as deux
minutes, O.K.?

— O.K.

Je suis allé payer au comptoir. Le
serveur a eu l'air insulté à mort que je n'aie
pas attendu la facture à la table.

Il m'a fait une gueule grande comme ça.

— Ça vous en prend pas gros.

— De... Quoi?

Tel père tel fils, il devait maintenant se dire.

— Vous avez l'air insulté parce que je me suis levé pour payer au lieu d'attendre comme un cocombre.

— No-non, c'est juste que d'habitude les gens ont la politesse de rester à leur place...

— O.K., ta gueule, j'paye.

Ça coûtait vingt et douze. J'avais vingt-cinq dans la main, mais j'ai rangé mon cinq dollars pour chercher douze cents dans mes poches, que je n'ai pas trouvées, alors j'ai fait comme si ce vingt-cinq sous sur le comptoir était à moi et je l'ai poussé, à côté du billet de vingt.

Maxime regardait ça d'un œil curieux, l'air de se demander si je me réchauffais pour Danielle ou bien quoi... si j'allais être méchant avec tout le monde sauf lui à partir d'aujourd'hui.

— Monsieur, le service n'est pas inclus.

J'ai tourné les talons. On était partis. J'ai bien aimé Maxime, comment il s'est juste *tourné*, lui aussi, naturel, sans fierté ni honte ni… C'était comme ça. Pour tout de suite c'était comme ça.

On était assis dans la voiture quand Maxime m'a dit :

— Merci de m'avoir emmené au restaurant, j'apprécie.

Puis il m'a tapé sur la cuisse quelques fois en serrant les lèvres, comme Danielle lui faisait de temps en temps, pour le taquiner.

On s'ennuyait peut-être déjà un peu.

On s'ennuyait d'une Danielle qui n'avait pas vraiment existé, ou pas assez.

Ça faisait longtemps qu'on s'ennuyait d'elle.

Maxime sous mon bras

On est partis.

La maison est à quelques minutes d'ici.

L'horloge est cassée dans la voiture. Pas de montre. Je me suis demandé quelle heure il était.

Pas encore l'heure de dormir mais ça allait venir.

J'ai ouvert la portière. Maxime regardait sa main bandée.

— Tu vas compter, Maxime ?

Quand il klaxonnerait, ce serait fini. À tel point *fini*, je me demandais si je terminerais ma phrase. C'était comme une espèce de défi, suivre la règle des « deux minutes ».

Troisième prise. J'avais vu Danielle deux fois aujourd'hui. J'allais m'assurer qu'elle était encore correcte. Jusqu'à demain. Après, on verrait.

Danielle que j'avais peut-être autant déçue qu'elle m'avait déçu. Est-ce que j'avais vraiment aussi tort qu'elle ? J'étais resté dans sa vie, oui, c'est vrai... Par ma présence, chaque jour, c'est comme si je lui avais répété : « C'est correct ! C'est correct ! C'est correct ! », mais quand même...

Je cogne à la porte de côté.
Je l'ouvre. Pas envie d'attendre.
— DANIELLE !
Elle est étendue sur le plancher de la cuisine et elle ne dort pas. Je sens qu'elle ne dort pas.
J'allume la lumière de l'entrée qui en lui arrivant dans le dos lui fait une ombre effrayante de l'autre côté de ses genoux qu'elle tient comme un fœtus.
Et une ombre beaucoup trop large, de chaque côté de sa tête. Une fuite d'huile de voiture, ça m'a rappelé sur le coup. Je suis resté comme ça en me disant que je devais appeler le 911.

— DANIELLE !
Elle n'a pas bougé.
Tout est resté pareil.
La situation n'avait plus besoin de moi.
Je n'osais pas la toucher.

Ce fait divers d'horreur où le mari trouve sa femme poignardée, lui enlève le couteau du corps, la prend dans ses bras… et est trouvé comme ça par la police. Ça prend un coupable, ce sera lui.

Mais ce ne sera pas moi.

Ce ne sera pas Maxime.

La coupable est morte.

Je suis allé chercher l'autre téléphone sans fil, encore en un morceau, au sous-sol dans le bureau de Danielle. J'ai fait le 911 et je suis remonté.

— Bonjour, oui c'est pour… ma femme, je viens de la trouver, elle est couchée dans son sang, elle a essayé de se suicider. Non, j'ai pas pris son pouls. O.K., oui, je mets mes doigts, là… Non, aucun pouls. Les secours sont en chemin, oui. Non, O.K., je ne lui ferai pas la respiration artificielle parce que… Oui, je comprends, le sang… Non, madame, j'peux pas rester en ligne, y a mon fils…

J'ai raccroché.

Dehors, ça commence à klaxonner.

Oui, c'est fini.

Je vais à la voiture.

— Maxime, viens…

Il m'a suivi. Je l'ai laissé passer devant. Il avait l'air de savoir déjà. Il avait su bien avant moi.

Il s'est arrêté dans la cuisine, où j'étais juste avant. Il a allumé une autre lumière.

On voyait mieux le sang de couleur sombre.

Moins d'ombre.

Moins noir et blanc.

Maxime avait l'air de vouloir bien se rappeler, en détail.

— Elle a plus de pouls. L'ambulance s'en vient.

Le sang est surtout de l'autre côté de son corps.

Je m'avance.

Danielle s'est ouvert quelque part sur… sous le menton ? Elle s'est ouvert la gorge ?

Sous l'oreille, là… Maxime approche. Il n'a pas l'air de comprendre. Dans les films, ils s'ouvrent les veines, non ?

Quand est-ce que j'ai lu cette histoire d'Hemingway, donc ? Au début de ma relation avec Danielle, je pense, ou bien juste avant que je ne la rencontre, quand je m'intéressais encore à la mort sous toutes ses formes, et surtout par suicide.

Des lits superposés. Une Amérindienne qui essaie d'accoucher sur celui du bas. Son mari est sur celui du haut. Le docteur qui essaie de sauver la femme et l'enfant. Accouchement difficile. De plus en plus difficile. La femme ne survit pas. À la fin, avec le bébé mal en point dans les bras, le docteur entend une goutte qui tombe. Ça vient du lit d'en haut. Puis une autre. Il met un pied sur l'échelle du lit et découvre le mari qui s'est ouvert la gorge d'une oreille à l'autre.

Il est mort.

C'est comme ça que Danielle s'est suicidée. D'une oreille à l'autre. En tranchant comme il faut.

J'ai de la difficulté à me souvenir une seule autre fois où elle a suivi une de mes idées. Une seule, Maxime.

— Tu vois?

Maxime pointe une extrémité de la coupure.

— Oui.

Il se met à pleurnicher. Moi aussi. Pas que je l'aimais, cette femme, mais… j'aurais *voulu* l'aimer. Et là, avec Maxime sous mon bras, ça commence à me sembler possible.

OUVRAGE RÉALISÉ PAR
LUC JACQUES, TYPOGRAPHE
ACHEVÉ D'IMPRIMER
EN AOÛT 2009
SUR LES PRESSES
DES IMPRIMERIES TRANSCONTINENTAL
POUR LE COMPTE DE
LEMÉAC ÉDITEUR, MONTRÉAL

DÉPÔT LÉGAL
1re ÉDITION : 3e TRIMESTRE 2009
(ÉD. 01 / IMP. 01)